# LOS CINCO CRACKS

DIRECCIÓN EDITORIAL
DEPARTAMENTO DE LITERATURA INFANTIL Y JUVENIL

DIRECCIÓN DE ARTE
DEPARTAMENTO DE IMAGEN Y DISEÑO GELV

DISEÑO DE COLECCIÓN
SPR-MSH.COM

ILUSTRACIÓN DE CUBIERTA
JAVIER LACASTA LLÁCER

TRADUCCIÓN: MARÍA DOLORES ÁBALOS

TÍTULO ORIGINAL: FÜNF ASSE - STARTSCHUSS BY ANDREAS SCHLÜTER - WWW.SCHLUETER-BUECHER.DE & IRENE MARGIL - WWW.IRENEMARGIL.DE


ESTE LIBRO SE CONTRATÓ A TRAVÉS DE UTE KÖRNER LITERARY AGENT, S.L.
BARCELONA - WWW.UKLITAG.COM

ISBN: 978-84-263-8535-2
DEPÓSITO LEGAL: Z 381-2012

PISTOLETAZO DE SALIDA

ANDREAS SCHLÜTER
IRENE MARGIL

TRADUCIDO POR
MARÍA DOLORES ÁBALOS

# LOS CINCO CRACKS

EDELVIVES

# LOS CINCO CRACKS

## LENNART

**DISCIPLINAS:**
TENIS DE MESA, DEPORTES DE BALÓN, VELOCIDAD

**EDAD:**
12 AÑOS

**NACIONALIDAD:**
ALEMANA

**HERMANOS:**
NINGUNO

**AFICIONES:**
HACER JUEGOS MALABARES Y COLECCIONAR BALONES

**COLOR FAVORITO:**
EL COLOR DE LOS OJOS DE LINH

**SIGNO DEL ZODÍACO:**
SAGITARIO

**DEBILIDAD:**
A VECES ES INQUIETO Y NERVIOSO

**SU FUERTE:**
VIVARACHO, COMUNICATIVO

**LEMA:**
«ANTES DE DISPARAR HAY QUE APUNTAR»

**ASIGNATURAS FAVORITAS:**
INGLÉS, ALEMÁN

**DE MAYOR QUIERE SER:**
INTÉRPRETE

## YABALI

**DISCIPLINA:**
ATLETISMO

**EDAD:**
12 AÑOS

**NACIONALIDAD:**
SUDAFRICANA

**HERMANOS:**
SU HERMANO RASUL, DE 6 AÑOS

**AFICIONES:**
FABRICAR HELADOS

**COLOR FAVORITO:**
CADA DÍA UNO DISTINTO

**SIGNO DEL ZODÍACO:**
LIBRA

**DEBILIDAD:**
A VECES PREFIERE ESTAR SOLO

**SU FUERTE:**
PERSEVERANTE, PACIENTE

**LEMA:**
«NO HUIR CORRIENDO, SINO ACUDIR DEPRISA»

**ASIGNATURAS FAVORITAS:**
MATEMÁTICAS

**DE MAYOR QUIERE SER:**
INVESTIGADOR DEL DEPORTE

## ILKA

**DISCIPLINA:**
NATACIÓN

**EDAD:**
12 AÑOS

**NACIONALIDAD:**
AUSTRALIANA, DE PADRES ALEMANES

**HERMANOS:**
NINGUNO.

**AFICIONES:**
LOS PECES DE COLORES Y SU ACUARIO DE AGUA SALADA

**COLOR FAVORITO:**
EL AZUL TURQUESA

**SIGNO DEL ZODÍACO:**
ESCORPIO

**DEBILIDAD:**
ODIA SUS PECAS

**SU FUERTE:**
EMPRENDEDORA, FIABLE

**LEMA:**
«¡RESPETA A TODOS LOS ANIMALES!»

**ASIGNATURAS FAVORITAS:**
FÍSICA, QUÍMICA, BIOLOGÍA

**DE MAYOR QUIERE SER:**
BIÓLOGA MARINA O FISIOTERAPEUTA

## LINH

**DISCIPLINA:**
YUDO

**EDAD:**
11 AÑOS

**NACIONALIDAD:**
ALEMANA, DE PADRES VIETNAMITAS

**HERMANOS:**
SU HERMANA HUONG, DE 6 AÑOS

**AFICIONES:**
LAS PLANTAS, LOS BONSÁIS Y LAS FLORES

**COLOR FAVORITO:**
EL VERDE

**SIGNO DEL ZODÍACO:**
LEO

**DEBILIDAD:**
A VECES ES PELIGROSA COMO UNA SERPIENTE VENENOSA

**SU FUERTE:**
ES TRANQUILA Y EQUILIBRADA

**LEMA:**
«SIEMPRE HAY UN CAMINO»

**ASIGNATURAS FAVORITAS:**
BIOLOGÍA, ESPECIALMENTE LA BOTÁNICA

**DE MAYOR QUIERE SER:**
JUEZA

## MICHAEL

**DISCIPLINA:**
DECATLÓN

**EDAD:**
12 AÑOS

**NACIONALIDAD:**
ESTADOUNIDENSE

**HERMANOS:**
NINGUNO

**AFICIONES:**
LOS EJERCICIOS MUSCULARES

**COLOR FAVORITO:**
EL ORO

**SIGNO DEL ZODÍACO:**
ARIES

**DEBILIDAD:**
PRESUME A VECES DE MUSCULITOS

**SU FUERTE:**
CASI SIEMPRE ACTÚA CON RAPIDEZ

**LEMA:**
«SOLO CON LA CABEZA NO BASTA; LA FUERZA TAMBIÉN ES NECESARIA»

**ASIGNATURAS FAVORITAS:**
¡NINGUNA!

**DE MAYOR QUIERE SER:**
ANIMADOR DEPORTIVO O ENTRENADOR DE FITNESS

# 1 LOS CINCO CRACKS

«Mil doscientas barritas energéticas, tres mil panecillos, ciento cincuenta kilos de espaguetis, ciento veinte tarros de salsa de tomate, ciento sesenta y seis cajas de agua mineral, trece kilos y medio de mantequilla...».

Ilka estaba en el gimnasio contemplando el montón de cajas de cartón que habían sido entregadas por la mañana y anotando cuidadosamente en una lista cada una de las partidas recibidas.

Michael le lanzó una mirada fugaz. Al ver las barritas energéticas, se le hizo la boca agua. Las que más le gustaban eran las de sabor a coco. Aunque quisiera, era incapaz de resistirse a ellas. Pero Michael no quería. De modo que, sin darse cuenta, se le fue la mano a la caja.

Ilka se la apartó al instante.

—¡Las manos quietas!

Michael retrocedió asustado.

—¿Por qué? —preguntó él con ingenuidad—. Si, total, no se va a notar, con todas las barritas que hay.

—Pues yo sí lo he notado —aclaró Ilka—. Las provisiones son exclusivamente para nuestros invitados, así que ni se te ocurra zampártelas antes. ¿Me oyes?

—¡Zamparme las provisiones! —repitió Michael riéndose—. Para una barrita que me iba a tomar... Más te valdría mirar lo que está haciendo Lennart.

Michael señaló detrás de Ilka. Cuando esta se volvió, soltó un grito de espanto. Entre los cartones, Lennart estaba haciendo malabarismos con seis huevos crudos.

—¡Deja de hacer eso inmediatamente! —lo increpó Ilka.

—¡Qué más quisiera yo! —aseguró Lennart—. ¡Pero no puedo! Si dejo de lanzarlos al aire, se romperán.

Ilka se puso en jarras, torció el gesto y preguntó en tono sarcástico:

—¿Significa eso que te vas a tirar haciendo malabares con los huevos hasta el fin de tus días?

Michael se echó a reír.

—¡Será tonto! Lanza huevos al aire y luego no sabe cómo parar.

—¡Ayudadme! —imploró Lennart ignorando el comentario de su amigo.

No le costaba ningún trabajo mantener los seis huevos en el aire porque era un magnífico malabarista y no perdía ocasión de ensayar con todo lo que pillaba.

—Déjalos que revienten en tu cabeza, tontaina —sugirió Michael.

—¡Ni se te ocurra! —lo contradijo Ilka—. No quiero ver las cajas de las provisiones hechas una guarrería.

Su voz iba adquiriendo un tono cada vez más impaciente. Había asumido la tarea de supervisar los suministros y hacer un inventario de los comestibles apilados en el gimnasio. De allí irían directos a la cocina del comedor del colegio, donde en los próximos días varias docenas de voluntarios prepararían la comida para aproximadamente mil invitados.

En el colegio James Connolly* —un colegio que impartía todas las asignaturas, pero haciendo especial hincapié en el deporte— se había convertido ya en una tradición organizar cada cuatro años, poco antes del inicio de los Juegos Olímpicos de verano, una miniolimpiada propia. Como es natural, al colegio le habría encantado organizar una fiesta deportiva internacional en toda regla. Pero eso estaba por encima de las posibilidades de una institución tan pequeña, financiada al cincuenta por ciento por una fundación deportiva. Aun así, trabajo no faltaba. Habían invitado a mil alumnos de diez colegios repartidos por toda Alemania. En cuanto acababan

* James Connolly ganó en los Juegos Olímpicos de Atenas, en 1896, la competición de triple salto, convirtiéndose así en el primer campeón olímpico de la era moderna. Aquel año, además, quedó segundo en el salto de altura y el tercero en la prueba de salto de longitud. Dado que no obtuvo de la universidad la autorización para participar en los Juegos, se presentó sin permiso y fue expulsado. Sin embargo, en 1949, a la edad de 83 años, su universidad le otorgó la dignidad de Doctor Honoris Causa.

una fiesta, ya se tenían que poner a organizar la siguiente.

A las últimas miniolimpiadas no habían asistido Ilka ni ninguno de sus mejores amigos: Michael, Lennart, Yabali y Linh, que ahora estaban en sexto.

Hasta entonces solo habían participado en diferentes competiciones de menor importancia, dentro y fuera del colegio, y casi siempre habían ganado.

Cada uno en su especialidad, los cinco eran unos auténticos *cracks* del deporte. Y como habían hecho amistad enseguida y formaban una verdadera pandilla, pronto les pusieron un mote en el colegio: Los Cinco Cracks.

No solo eran el mejor equipo deportivo que el colegio había tenido nunca, sino que además formaban un grupo internacional de lo más variopinto. El único alemán era Lennart. Linh había nacido también en Alemania, pero su familia era de origen vietnamita. Ilka había emigrado desde Australia con sus padres. Michael procedía de los Estados Unidos y Yabali había llegado con su familia desde Sudáfrica.

Los cinco estaban muy ilusionados con el gran acontecimiento. Todos habían colaborado para que la fiesta saliera bien.

Lennart seguía haciendo malabares con los seis huevos crudos, mientras Ilka lo miraba sin saber qué hacer.

—¿No tendréis un rotulador? Tengo que pintar los letreros indicadores —dijo Linh al tiempo que entraba en el gimnasio. Su mirada recayó al instante en Lennart.

—¡Hala! —exclamó con admiración—. ¿Están crudos esos huevos?

Ilka asintió con la cabeza.

—Eso es lo malo —dijo, y le explicó brevemente el problema.

—¡Ánimo! —dijo en tono de guasa Michael, dando una palmadita a Lennart en el hombro.

Lennart se tambaleó y profirió un grito de terror. En el último momento, fue capaz de evitar una desgracia aún mayor.

En ese instante intervino Linh. Mediante dos movimientos rapidísimos, pescó dos huevos en el aire, como cuando un camaleón atrapa un insecto, y los guardó en el envase.

—¡Genial! —se alegró Lennart.

Ilka y Michael se quedaron pasmados. Michael, sobre todo, no salía de su asombro:

—Ha sido todo tan rápido que no me ha dado tiempo a verlo.

De nuevo intervino Linh. Izquierda, derecha, pim, pam. Con cada mano cogió un huevo. Uno lo metió en el envase y el otro lo cascó en la cabeza de Michael.

Michael soltó un chillido; al llevarse las manos a la cabeza vio que tenía el pelo lleno de huevo.

—Eso es por haber empujado a Lennart —le explicó Linh.

Poco a poco, clara y yema resbalaron por la cara de Michael. Lennart lo miró con una sonrisita y guardó los dos últimos huevos.

En ese momento, Yabali llegó corriendo al gimnasio. Yabali lo hacía todo a la carrera. Ninguno de sus amigos recordaba haberlo visto jamás andar a paso normal. Era como si tuviera miedo de quedarse pegado al suelo si no hacía las cosas a toda velocidad.

—¡Han llegado las camisetas de la competición! —gritó con entusiasmo.

Era el santo y seña que todos esperaban. Sin perder una décima de segundo, lo dejaron todo como estaba y salieron corriendo detrás de Yabali. Si Lennart hubiera estado haciendo todavía malabarismos con los huevos, seguramente los habría dejado caer al suelo.

Para cada miniolimpiada los participantes del colegio recibían nuevas camisetas, pagadas cada vez por un patrocinador diferente. Este año se había hecho cargo de los gastos un fabricante de artículos de deporte, de modo que la publicidad de las camisetas no llamaba nada la atención. Era solo una pequeña rúbrica con el nombre de la marca que aparecía, eso sí, en todos los ejemplares. El color de fondo de las del colegio era el blanco. Pero nadie sabía a ciencia cierta cómo serían exactamente las camisetas nuevas. De ahí que la expectación fuera tan grande.

—¿Dónde están? —preguntó Michael.

Yabali señaló hacia la clase.

—Las están repartiendo por aulas.

Media clase de 6º A ya se estaba probando con entusiasmo las nuevas camisetas cuando irrumpieron en el aula Yabali, Michael, Linh, Ilka y Lennart.

De la pizarra colgaba una camiseta para que la viera todo el mundo.

Yabali se detuvo tan en seco, que los que lo seguían estuvieron a punto de chocar con él.

—¡Hala! —exclamó—. ¡Cómo molan!

Luego se abrió paso a codazos entre sus compañeros, se acercó a la caja y sacó una de las camisetas.

Sin embargo, la profesora encargada del curso, Susanne Kick, lo detuvo.

—Estas son las camisetas con manga. Las de correr, sin mangas, están allí.

Y señaló hacia otra caja sobre la que Michael ya se había abalanzado. Como se había apuntado al decatlón, también necesitaba una sin mangas.

—¿Hay también trajes de baño? —preguntó Ilka.

—Claro que sí. Algunas chicas ya se los han llevado al servicio. Allí podéis probároslos.

Linh hizo una mueca de desagrado.

—¿Las cabinas del servicio como vestuario?

La señora Kick se encogió de hombros.

—Aquí, en la zona de las aulas, no tenemos otra cosa.

—Bah, da igual —dijo Ilka, dándole a Linh un codazo amistoso—. Allí puedes probarte también el chándal. —Para cerciorarse, lanzó una mirada a la profesora—. ¿O no?

La señora Kick asintió con la cabeza, al tiempo que señalaba la cajita que contenía los chándales.

Desde luego, el patrocinador no había escatimado en gastos. No faltaba de nada. Cada deportista disponía del atuendo apropiado.

—¿Y yo? —preguntó Lennart.

Susanne Kick le lanzó una mirada inquisitiva. Lennart era en casi todos los juegos de pelota uno de los mejores. La profesora no sabía a cuál de las muchas modalidades se había apuntado.

—¿A qué juegas? —le preguntó—. ¿Al baloncesto, al balonmano, al tenis de mesa o al voleibol?

—¡A correr mientras hace malabares con huevos! —se inmiscuyó Michael.

Pero Lennart no le hizo ni caso.

—Hoy soy velocista —le respondió a la profesora—. Corro los cien y los doscientos metros.

La señora Kick sonrió satisfecha.

—¡Oh, naturalmente! Las pruebas reinas del atletismo. No debes faltar por nada del mundo.

—Eso mismo me parece a mí —le contestó Lennart riéndose.

Y al instante, ya se estaba metiendo por la cabeza una de las camisetas para correr.

Se la había lanzado Michael diciendo:

—Toma, espárrago. No las hay más pequeñas.

La verdad es que, en comparación con Michael, Lennart parecía un fideo. Era alto, flaco y sumamente ágil y ligero. Michael le sacaba casi una cabeza y era ancho, fuerte y musculoso. Un auténtico atleta que no necesitaba decirle a nadie que era un decatleta; se le notaba a simple vista.

A Michael no le importaba que todavía no hubiera decatlón para chicos de doce años. Casi siempre se celebraban solo pruebas combinadas pero Michael se sentía un decatleta y, por lo tanto, se entrenaba en todas las disciplinas. Un día se dijo: «¡Ya está bien!», y se puso a pelearlo hasta que por fin logró que lo incluyesen en estas últimas miniolimpiadas. Por primera vez, este año habría un decatlón para chicos de doce años.

Había recibido correos electrónicos de agradecimiento de algunos chicos de otros colegios porque también ellos llevaban mucho tiempo queriendo hacer un decatlón. Incluso Tom, del Colegio Grünheim —el mayor rival de Michael en numerosas competiciones deportivas—, le había dado las gracias, aunque al mismo tiempo aseguraba que lo ganaría.

—¿Se puede saber qué te ha pasado? —preguntó la señora Kick a Michael, pues hasta entonces no se había dado cuenta de lo manchado que tenía el pelo.

—¡Pues que es un cabeza de huevo! —respondió Lennart riéndose.

Antes de cambiarse, Michael se fue con su camiseta nueva al servicio de chicos para lavarse bien el pelo. A la vuelta, oyó a Yabali preguntar:

—Bueno. ¿Qué aspecto tengo?

En contraste con su piel oscura, la camiseta parecía de un blanco reluciente, y lo cierto es que le daba un aire noble y elegante.

—Pareces un anuncio de detergente —opinó Michael.

—¡Don Limpio negro! —bromeó Lennart.

También eso era cierto. Cuando estaban sentados el uno junto al otro en clase, Yabali no era más alto que Michael, pero en cuanto se ponía de pie le pasaba varios centímetros. Yabali tenía sencillamente unas piernas larguísimas. Eso, unido a una magnífica resistencia, lo convertían en el corredor de fondo ideal. Ilka lo envidiaba mucho por su piel oscura. Ella era pelirroja y pecosa, lo que significaba que era muy sensible al sol. Si en verano iba y volvía del colegio una sola vez sin crema solar de pantalla total, se quemaba viva. Para una nadadora como ella, que en verano aprovechaba cada minuto libre para ir a la piscina, no podía existir peor maldición.

Yabali se puso otra vez a saltar de una pierna a otra como si fuese una pelota. Se moría de ganas de probar su preciosa camiseta nueva.

Lo mismo les pasaba a sus compañeros de clase. Susanne Kick no podía retener por más tiempo a sus alumnos, y tampoco quería hacerlo.

—Bueno, en marcha —dijo a la clase—. Quien tenga su camiseta, que salga al campo de deporte. Vamos a sacar fotos para la crónica anual.

Los alumnos salieron disparados, armando un gran alboroto.

# 2 EL COMIENZO DE LAS MINIOLIMPIADAS

¡Por fin llegó el día en que daban comienzo las miniolimpiadas del colegio! El pequeño estadio de la asociación deportiva del barrio, pegado al colegio, estaba lleno a rebosar: ¡ocho mil espectadores!

La pobre Ilka, sin embargo, todavía no había tenido oportunidad de recorrer el estadio ni una sola vez para admirar sus magníficas instalaciones. Seguía fuera, en una de las casetas, ocupadísima en recoger montañas de basura. A cada uno de los alumnos participantes le habían regalado como recibimiento una bolsa de tela que contenía una barrita energética, una bebida, una nota de bienvenida, el programa de las competiciones y unas cuantas chucherías. En total se habían repartido mil bolsas.

Pero eso no era todo. A alguien del comité preparatorio se le había ocurrido la idea de obsequiar también a los participantes con un bocadillo de tortilla.

De modo que desde primera hora de la mañana, los niños, con la ayuda de algunos padres, habían tenido que cascar unos doscientos huevos y luego batirlos, freírlos en tortilla, colocarlo todo en los panecillos, envolver los bocadillos y repartirlos. Una gran parte de las cáscaras y restos de los huevos estaban ahora esparcidos alrededor de las mesas que habían servido como puntos de avituallamiento.

Ilka, Yabali, Linh y Lennart, con bolsas de basura a modo de delantales y guantes de plástico, recogían los restos de huevo y ayudaban a limpiar los alrededores del estadio.

«¡No más bocadillos de tortilla!», juró Ilka para sus adentros. Al ver que llegaba la señora Kick, se alegró de que la distrajeran del trabajo.

—¡Santo cielo, pero si estáis aquí! —gritó la profesora desde lejos—. Os he estado buscando por todas partes. ¿Qué hacéis? Las pruebas están a punto de empezar.

Los chicos se miraron asustados. Con tanto trabajo se les había pasado el tiempo sin darse cuenta.

—Y ni siquiera os habéis cambiado de ropa —constató la señora Kick aterrorizada, y miró nerviosa la hora—. ¡Vamos, vamos, que os quedan tres minutos!

—¿Tres minutos? —repitió Linh.

Si había algo que no soportaba eran las prisas. No es que Linh fuera lenta ni perezosa, pero siempre se tomaba su tiempo y hacía las cosas a conciencia.

Ilka, en cambio, no esperó a que se lo dijeran dos veces. Rápidamente se quitó el delantal y los guantes y quedó así lista para la ceremonia de inauguración.

Linh lanzó una última mirada de pena a los montones de basura que aún quedaban por recoger. Luego se desprendió también del delantal y los guantes, y echó a correr con los demás tan rápido como le fue posible. Habían dejado las mochilas preparadas en el estadio, al borde de la pista de carreras. Naturalmente, en los vestuarios no había cabinas suficientes para mil participantes, por lo que la mayor parte de los alumnos tenían que cambiarse en el propio estadio. Los Cinco Cracks llevaban ya puesto el atuendo deportivo debajo de los vaqueros y las camisetas. Ahora solo tenían que quitarse la ropa de calle, cambiarse de calzado y... ¡listos!

Por los altavoces se oía ya, en medio de una gran ovación, el discurso de bienvenida del director. El profesor Stölzer nunca conseguía ser breve. Linh calculó, aliviada, que eso les otorgaría, como mínimo, otros cinco minutos de respiro.

—¿Dónde se ha metido Michael? —preguntó la señora Kick.

Sabía que, pasara lo que pasara, siempre estaban los cinco juntos. Por eso le resultaba tan extraño que faltara uno, ¡y precisamente ahora!

—Ha ido al servicio —respondió Yabali.

—Ya es la tercera vez que va esta mañana —añadió Lennart.

Susanne Kick lo miró con cara de preocupación.

—¿En serio? ¿Le ocurre algo?

Lennart hizo gesto de quitarle importancia al asunto. En su opinión, lo único que quería Michael era escaquearse del trabajo. Ella pareció darse por satisfecha. Sin embargo, las arrugas de preocupación no se borraron de su frente.

—Bueno —dijo—. Daos prisa. Me quedaré esperándolo.

En ese mismo momento, llegó Michael sujetándose la barriga. Estaba completamente pálido.

La señora Kick se le acercó inmediatamente.

—¿Qué te pasa?

—Diarrea —se lamentó Michael—. ¡Qué mala pata! Precisamente ahora. ¡A las diez y media tengo que correr los cien metros!

La carrera de los cien metros inauguraba las miniolimpiadas, justo tras la ceremonia de apertura, que duraría escasamente hora y media. Suponiendo que para entonces el director hubiera terminado su discurso de bienvenida. En ese momento estaba explicando de nuevo en qué consistía el medallero, cosa que, naturalmente, conocía todo el mundo, pues funcionaba como en todas las grandes competiciones internacionales.

La clasificación de los colegios se elaboraría según el número de medallas de oro, plata o bronce que tenía cada uno. El mejor colegio ganaría tres flamantes botes para ocho remeros. Aunque se trataba de un premio sumamente valioso, a los alumnos les importaba mucho más la victoria. Mejor dicho, lo más importante era vencer a los favoritos: los fanfarrones del Colegio Grünheim.

Lennart se quedó cortado. Le bastó una mirada a Michael para darse cuenta de lo injusto que había sido con él. Michael no había querido escaquearse del trabajo; se encontraba francamente mal. Por nada del mundo se habría perdido la oportunidad de participar.

—Seguro que solo son nervios —intentó tranquilizarlo la señora Kick.

Aunque estas miniolimpiadas eran la fiesta deportiva más importante que organizaba el colegio James Connolly, no constituían ni mucho menos una excepción. Al contrario, el colegio celebraba con regularidad eventos deportivos de cierta consideración. El último había tenido lugar hacía un año. El colegio había organizado el campeonato nacional escolar, en el que habían participado los cinco mejores centros educativos del país. Michael no había ganado la medalla de oro por un pelo, y la de plata no bastaba para presentarse a las eliminatorias nacionales.

El que luego sería campeón de los colegios alemanes había ganado a Michael por cincuenta puntos. Naturalmente, no podía ser otro que Tom, del Colegio Grünheim.

Independientemente de la competición que fuera, cuando se enfrentaban sus dos colegios, luchaban siempre por el primer y el segundo puesto. En la clasificación general, el Colegio Grünheim les sacaba ahora una ligera ventaja.

Michael se moría de ganas de vencer a Tom. Por primera vez se iba a celebrar el decatlón y Michael estaba convencido de que podía ganarlo.

Lennart miró a Michael con compasión. Él mismo se había apuntado a la prueba de velocidad y sabía que había que estar muy en forma para resistir la carrera. Aunque Michael solo corriera la carrera rápida del decatlón, bastante más lenta que la carrera de los auténticos velocistas, tendría que estar en plena forma. Además, la prueba de velocidad no era el fuerte de Michael. Era un atleta que dominaba a la perfección el lanzamiento y el salto de longitud, pero como corredor parecía más bien un pato mareado... al menos en comparación con Lennart.

Michael se dobló sobre sí mismo y empezó a gemir.

Susanne Kick le puso la mano en el hombro.

—¿Tan mal estás?

—Retortijones —logró decir a duras penas Michael—. Perdón...

Y otra vez salió corriendo hacia los servicios, agachado y agarrándose la tripa con las manos.

La señora Kick tenía ya claro que solo los nervios no producían tales dolores de estómago. Se volvió de nuevo hacia Lennart:

—Los demás id a la alineación. Yo iré a por Michael y lo llevaré a la enfermería.

Lennart asintió y corrió a unirse con sus amigos, donde lo esperaba la siguiente sorpresa.

—¡Ha desaparecido la mochila de Yabali! —fue el recibimiento que le hizo Linh.

—¿Cómo que ha desaparecido? —preguntó Lennart.

—¡Pues que ha volado! —le dijo Yabali nervioso—. Estaba aquí —añadió, señalado a sus pies—. ¡Exactamente aquí!

—Pero ¿quién va a robar eso? —se extrañó Lennart.

Yabali lo miró fijamente a los ojos.

—¿Crees que se me va la olla?

Naturalmente, Lennart no había querido decir eso. Pero pensaba que con las prisas y el gentío uno podía olvidarse con facilidad de dónde había dejado la mochila.

—¿Qué tenías dentro? —preguntó.

Yabali hizo memoria.

—El impermeable.

Lennart suspiró y alzó la vista. Hacía veintiséis grados a la sombra y el cielo estaba de un azul radiante. Solo había unas pocas nubecillas blancas como el algodón. Y sin embargo, ¡Yabali se había llevado el impermeable!

—Aquí, en Alemania, nunca se sabe —se justificó Yabali.

A Lennart se le escapó una sonrisa. Hacía siete años, Yabali había llegado con sus padres desde Sudáfrica porque a su padre le habían ofrecido un trabajo en el consulado. Desde entonces, su madre trabajaba en Alemania como periodista para varias revistas sudafricanas. Yabali hablaba alemán de corrido, su hermano pequeño incluso había nacido en Alemania; pero cuando se trataba del tiempo, parecía un turista.

—A lo mejor la ha cogido Rasul —aventuró Ilka.

A Yabali se le petrificó la expresión en la cara. La idea de que su hermano pequeño pudiera andar por allí cerca y crisparle los nervios era para Yabali diez veces peor que la sospecha de que alguien le hubiera robado la mochila.

—¿No estará por aquí? —preguntó estupefacto.

—¡Yo qué sé! —le contestó Ilka tan tranquila.

Yabali respiró aliviado.

—¡Por Dios, no me des esos sustos!

Por si acaso, paseó la mirada a su alrededor, no fuera a ser que ese pequeño manojo de nervios estuviera acechando desde alguna parte.

—¿Qué tienes en contra de tu hermano pequeño? —le preguntó Ilka—. ¡Si es un cielo!

—Te lo regalaré por Navidades —respondió Yabali—. Cuando viva en tu casa, a mí también me parecerá un cielo.

Ilka estuvo un rato imaginándose cómo sería si el pequeño Rasul, de seis años, viviera en su casa, hasta que dijo con resolución:

—Por desgracia no tenemos sitio.

Yabali se había puesto otra vez a buscar su mochila y ya ni se acordaba de qué hablaba Ilka.

—¿No es esta la tuya? —dijo Ilka de pronto, sosteniendo con dos dedos una mochila que acaba de encontrar al lado de la papelera.

—¡Sí! —dijo Yabali, alegrándose y extrañándose al mismo tiempo—. ¿Cómo ha ido a parar ahí?

Cogió la mochila y miró dentro.

—¿Falta algo? —le preguntó ella.

Yabali, perplejo, negó con la cabeza.

—¡Al contrario! Sobra algo.

Acto seguido, sacó de la mochila una botella de bebida isotónica y se la enseñó a los demás.

—¿Y eso? —preguntó Ilka.

Yabali aseguró que no llevaba ninguna botella de bebida isotónica. Incluso se había peleado en casa porque había puesto a enfriar una y, como siempre, se la había bebido Rasul. Era la última. Yabali le había echado la bronca y luego su madre le había reñido a él.

—Con razón —opinó Ilka—. Mira que montar un número por una bebida isotónica...

—Bueno, eso da igual —la interrumpió Yabali—. El caso es que yo solo llevaba esta botella de agua. —Se la enseñó a los demás—. Pero ninguna de bebida isotónica. ¿Cómo es que alguien me roba la mochila, mete en ella una botella y luego la vuelve a dejar?

Ilka, Linh y Lennart se miraron desconcertados. Desde luego, era un suceso un tanto misterioso. ¿O acaso alguien se había confundido sencillamente de mochila? Pero no pudieron seguir dándole vueltas al asunto, porque llegó la señora Kick convocándoles para la alineación. No se habían enterado de que para entonces el director Stölzer ya había concluido su discurso.

—¿Qué tal está Michael? —preguntó Ilka.

—Está con el médico, pero supongo que vendrá enseguida —le explicó la señora Kick.

Ilka, Linh, Lennart y Yabali fueron al encuentro de los otros atletas de su colegio. Pasaron por delante de los del Grünheim, que desfilarían en primer lugar porque encabezaban la clasificación nacional de los colegios. Por cortesía, el colegio anfitrión ocupaba el último lugar en el estadio. Así que Linh, Lennart, Ilka y Yabali tuvieron que ir hasta el final de la larga cola formada por los atletas.

Al pasar junto a los del Colegio Grünheim, Lennart se fijó en que Tom estaba tomando bebida isotónica... ¡de la misma marca que la que había encontrado Yabali en su mochila!

# 3 PRIMERA SOSPECHA

Michael respiró hondo, estiró las piernas, apoyó la mano derecha en el muslo derecho y se agachó cuanto pudo, mientras mantenía la pierna izquierda estirada. Repitió este ejercicio hasta tres veces por cada lado, con el fin de estirar los tendones. Intentaba concentrarse y no mirar hacia Tom, que le lanzaba sonrisitas victoriosas.

Pero no lo lograba. Le sonaban las tripas, pese a que llevaba ya tiempo sin tener que ir al baño. De momento le duraba el efecto de la pastilla que le había dado el médico. Sin embargo, Michael se sentía flojísimo, como si acabara de pasar una gripe y no hubiera entrenado durante semanas. Sabía que en ese estado no tenía la menor posibilidad de ganar. Pero su obligación era correr y sacar al menos unos cuantos puntos para poder permanecer en la competición. Si se retiraba ahora, quedaría eliminado del decatlón. Y eso no lo quería Michael por nada en el mundo, pues llevaba mucho tiempo entrenando duro.

—¡Preparados para la prueba de velocidad del decatlón! ¡Alineaos! —se oyó, demasiado pronto, por el altavoz.

A Tom, el contrincante de Michael, se le veía muy motivado, dando saltitos de acá para allá. Estaba deseando que sonara el pistoletazo de salida. Michael, en cambio, solo tenía ganas de meterse en la cama, taparse la cabeza con el edredón y dormir. Además tenía hambre, lo cual era natural después de haber expulsado hasta el último gramo de comida. Pero no se atrevía a comer nada, ni siquiera una sabrosa barrita energética, por miedo a que le diera otro apretón.

Cuando se colocó en los tacos de salida, tenía la frente perlada de un sudor frío. Al mismo tiempo, un calor sofocante le recorría todo el cuerpo, como si estuviera dentro de un microondas.

«Anda que si además tengo fiebre...», pensó Michael asustado.

—¿Miedo? —le preguntó Tom con aires de suficiencia.

Había visto lo pálido que estaba Michael y cómo tiritaba.

—¿De ti? —le contestó Michael en tono arisco.

No, de Tom no tenía ningún miedo. Solo temía fallar. Ponerse en ridículo. Llegar atropelladamente el último a la meta.

—¡A vuestros puestos! —dijo el juez de salida por el micrófono.

Michael apoyó las manos tras la línea de salida con una exactitud milimétrica.

Nunca se había sentido tan mal como en ese momento antes de una carrera. ¿Por qué le habrían dado precisamente a él esos dolores de estómago por la mañana? ¡Con lo bien que le había entrenado Lennart, perfeccionando sobre todo la salida! Normalmente, Michael era lentísimo en la salida. Reaccionaba siempre demasiado tarde. De ahí que Lennart y Linh hubieran hecho con él unos ejercicios especialmente orientados a que reaccionara con rapidez. Lennart salía siempre disparado como un cohete en las carreras. Y Linh, con su capacidad de reacción férreamente adiestrada en las artes marciales, no se quedaba atrás.

Michael intentó desterrar todos esos pensamientos de su cabeza para concentrarse en la carrera, en la salida.

—¡Listos!

Michael levantó la cadera sin mover las manos del suelo.

Miró hacia la meta. Tenía por delante cien metros. Cien metros de concentración, cien metros de darlo todo. De correr a plena potencia desde la primera centésima de segundo. Le dolía la tripa como si dentro tuviera un animal mordiéndolo. Contrajo la cara en un gesto de dolor.

Sonó el pistoletazo de salida.

Tom salió de sus tacos disparado como una flecha.

Los otros corredores también salieron zumbando.

Michael los vio a todos. Desde detrás.

Solo entonces se dio cuenta de que había empezado la carrera.

—Pero ¿qué hace? —dijo Lennart, sin querer mirar.

Se tapó los ojos con las manos, horrorizado por la pésima salida que había realizado Michael.

—¡Se ha dormido! —gritó Yabali, fuera de sí—. ¡Se ha quedado completamente frito!

Ilka se llevó las manos a la boca. Estaba sin habla.

Siete corredores recorrían la pista de tartán a la velocidad del rayo. Tres o cuatro metros por detrás de ellos, Michael los seguía a trompicones, como un pato mareado.

Linh permanecía callada, sin mostrar ninguna reacción. Con los ojos, ya de por sí estrechos, entornados hasta convertirlos en dos pequeñas ranuras, observaba a Michael con cara seria y expresión severa.

—¡Vamos! —gritó Ilka, para animar a Michael. Aunque no sabía si la oía, era incapaz de quedarse ahí quieta sin hacer nada—. ¡Vamos, que todavía puedes alcanzarlos!

—Eso no te lo crees ni tú —le susurró Lennart.

—¡Claro que no! —respondió Ilka con sinceridad—. Pero algo tendremos que hacer, ¿no? Está siendo...

Le faltaban las palabras para describir el desastre de carrera de Michael.

—... patético —añadió Yabali.

En su opinión, no había otra palabra que describiera el espectáculo que estaba dando Michael, al que, debido a la ventaja de correr en casa, se le consideraba el favorito del decatlón. Y sin embargo, ya en la primera prueba había cruzado la meta a trancas y barrancas, obteniendo tan solo ciento cincuenta puntos. Ciento cincuenta parecía mucho, pero según el cómputo de esas miniolimpiadas era poquísimo. Se trataba de un bonito rodeo para decir que había llegado... ¡el último! No podía ser más desastroso.

Sin decir nada, Linh corrió hacia Michael, que se había quedado justo detrás de la línea de meta, y se encontraba doblado sobre sí mismo, apoyándose con las manos en los muslos como si fuera a vomitar, y jadeando como si hubiera corrido una maratón.

Linh se puso en cuclillas a su lado y, sin decir una palabra, le pasó una botella de agua. Michael la cogió agradecido y bebió con avidez.

Tom pasó al lado de los dos. Mientras saludaba con pose de vencedor al público que aplaudía desde el estadio abarrotado, se burló:

—Vaya, este año no estás en forma, ¿eh? Lo siento por ti. No imaginaba que te fuese a ganar tan fácilmente.

Michael le lanzó una mirada venenosa. En cambio, Linh sonrió amablemente a Tom y le contestó:

—A los tontos no hace falta plantarlos ni sembrarlos; crecen por sí solos.

—¿Qué? —A Tom se le contrajo la cara en un gesto de desconcierto—. ¿Eso qué significa?

Linh no se tomó la molestia de explicarle el viejo proverbio chino. A Michael se le escapó una sonrisa. Sabía la debilidad que sentía Linh por los sabios aforismos asiáticos, que conocía por las artes marciales. Le dio la espalda a Tom y se fue con Linh al encuentro de los demás.

—¿Qué te ha pasado? —preguntó Yabali.

—Hacía tiempo que no me sentía tan mal —se lamentó Michael. Luego se tumbó en un trocito de césped que había entre la pista de tartán y los bancos, al borde del estadio—. El médico me ha dicho que es por algo en mal estado que he comido. Pero no es verdad. Antes de las competiciones, como siempre lo mismo.

—¿Has tomado bebida isotónica? —preguntó Lennart.

Michael lo miró extrañado.

—No —afirmó, pero luego se quedó un rato pensando y se corrigió—: Ah, sí. Aquí, en el estadio.

Nadie entendía por qué Lennart le había preguntado precisamente por la bebida isotónica. Sin embargo, Lennart dijo de repente, acalorado:

—Y te la has encontrado aquí, ¿no? No la habías traído de casa.

Michael asintió con la cabeza.

—Sí, es cierto. Estaba encima de la mesa de nuestra caseta. Pensé que sería de alguno de nosotros. Y le he dado un trago, sin más. ¿Por qué lo preguntas?

Lennart se volvió hacia Yabali:

—Enséñale tu bebida isotónica.

Ahora entendía Yabali adónde quería llegar Lennart. En su mochila también había aparecido de repente una botella de bebida isotónica de la cual desconocía su procedencia. Yabali sacó la botella de la mochila y se la mostró a los demás.

—¡Era una exactamente igual! —confirmó Michael.

Lennart asintió con gesto sombrío. Para asegurarse, le preguntó a Ilka:

—¿Tenemos esa marca en la fiesta?

Ilka negó con la cabeza.

—No, esa marca cuesta diez céntimos más por botella que la nuestra. Con las cantidades que hemos comprado, eso supone mucho.

Lennart resumió así su sospecha:

—Ninguno de nosotros tiene esa clase de bebida isotónica. Aquí tampoco se vende. O sea, que alguien la ha tenido que traer. Y ya sé quién ha sido.

—¿Quién? —preguntó Michael asombrado.

Lennart señaló hacia Tom, que aún seguía rodeado y jaleado por sus compañeros de equipo, debido a su victoria en la prueba de velocidad. En ese mismo momento, Tom se llevó una botella a la boca y dio un trago. Todos la vieron: era la misma marca de bebida isotónica.

Yabali examinó su botella con cara de asco, imaginando lo que le habría pasado si hubiera bebido de ella.

—¡Esa rata miserable! —despotricó Michael, poniéndose en pie de un salto—. Ahora ya sé por qué me lanzaba esas estúpidas sonrisitas. ¡A ese tío me lo cargo!

Se dispuso a abalanzarse sobre su contrincante, hecho una furia, pero Linh lo retuvo.

—¡Espera! —dijo.

—¿Por qué? —preguntó Michael furioso.

—El necio hace lo que no puede evitar; el sabio evita lo que no puede hacer —respondió Linh.

—Uf, Linh, de verdad —refunfuñó Michael—. A veces tus proverbios me sacan de quicio.

Linh no hizo caso de la queja de Michael, sino que se limitó a explicarle la situación con toda objetividad:

—No podemos demostrar que la bebida te haya revuelto el estómago. Tampoco podemos demostrar que Tom te haya endosado la botella. Si vas ahora a por él, parecerá que te peleas porque eres un mal perdedor.

—En eso tiene razón —coincidió Ilka sin reservas.

También Yabali y Lennart se mostraron de acuerdo.

Michael apretó los labios y resopló con rabia, pero se contuvo.

—Vale —concedió—. Pero me las pagará.

Yabali chasqueó con los dedos.

—¡Eh, tíos, tengo una idea! —Alzando su botella, la zarandeó como si fuera una copa que acabara de ganar—. ¡Se lo voy a preguntar a la Vieja Fritz!

La Vieja Fritz en realidad se llamaba Cornelia Friedrich. Pero desde que los niños se enteraron en clase de historia de que hubo una vez un rey de Prusia que se llamaba Friedrich al que apodaban el Viejo Fritz, rápidamente le pusieron a la profesora de química el mismo mote, del que probablemente ya nunca se desprendería. A todo esto, la señorita Friedrich de vieja no tenía nada, pues era una de las profesoras más jóvenes del colegio.

A todos se les iluminó la cara. La Vieja Fritz les caía bien. Si con los productos del laboratorio de química del colegio se podía averiguar que la bebida isotónica contenía sustancias extrañas, nadie dudaba de que la profesora de química lo haría encantada.

—¿Aún conservas tu botella? —preguntó Yabali a Michael.

Este negó con la cabeza.

—Me la he dejado en la caseta.

Ilka suspiró.

—¡Y nosotros mismos hemos recogido toda la basura antes de la inauguración!

Con eso quedaba destruida la prueba principal. Porque seguramente podrían haberse encontrado incluso huellas dactilares de Tom en la botella, conjeturó Lennart. Para él, la cosa estaba más clara que el agua:

—Se trata de un sabotaje, que es peor que el dopaje. Los atletas no toman medicamentos para estimularse, sino al contrario: echan en las botellas del contrincante algo que los debilite.

Hasta entonces nadie lo había formulado con tanta claridad. Pero ahora que Lennart lo exponía de forma tan escueta, todos coincidieron con él.

—Sea como sea —concluyó Yabali—, voy a ver a la Vieja Fritz.

Y salió corriendo.

# 4 ¡UN LADRÓN!

Para Michael no había concluido, ni mucho menos, el día de aquel desastre de carrera de cien metros. Aunque el medicamento le había surtido un efecto bárbaro, entre eso y sentirse realmente bien para una competición había una diferencia abismal. Aún tenía por delante otras dos competiciones: salto de longitud, a la una, y lanzamiento de jabalina, a las cuatro. Se sentía lo suficientemente bien como para participar, pero ni mucho menos como para ganar las pruebas. Faltaban dos horas escasas... ¿Cómo iba a recuperar su estado de forma habitual en tan poco tiempo?

Antes que él iba Ilka, con su primera competición de natación. También ella se había apuntado a dos competiciones: cien metros de estilo libre y cien metros de mariposa.

La piscina cubierta no quedaba demasiado lejos, de modo que el resto de Los Cinco Cracks dieron por hecho que acompañarían a Ilka y la animarían con todas sus fuerzas.

También llegaron a la piscina muchos alumnos del Colegio Grünheim, aunque no contaban en sus filas con ninguna nadadora que le llegara a Ilka a la suela del zapato.

—Solo vienen para ver perder a Ilka contra alguien —dijo entre dientes Michael, mientras lanzaba miradas asesinas a los del Grünheim, que en ese momento entraban en la piscina.

¡Y encima se sentaron justo a su lado! ¡Qué provocación! Entre ellos también estaba Tom, que incluso en el descanso entre competiciones llevaba una camiseta sin mangas para lucir musculitos. Se había hecho una cresta en el pelo. En opinión de Michael, parecía un gallo. Y además se comportaba como si lo fuera.

Tom le lanzó una sonrisita a Michael:

—¿Qué, preparado para después?

Michael se dio la vuelta sin contestarle.

Pero Tom insistió:

—Veamos si Ilka fracasa igual que tú.

Cuando Michael ya estaba a punto de levantarse para arrearle un guantazo, Linh lo sujetó por el cinturón. Michael permaneció sentado. Pero no pudo dejar de contestar a la provocación:

—Conque bebida isotónica, ¿eh, bocazas?

Tom frunció el ceño como si no supiera de qué estaba hablando Michael.

—¡Te hemos pillado! —añadió Michael.

Tom hizo con la mano un movimiento despectivo.

De repente, Ilka apareció detrás de Michael, Linh y Lennart.

—¿Tú qué haces aquí? —se extrañó Linh—. ¿No deberías estar desde hace mucho en los vestuarios?

Ilka asintió con la cabeza.

—Ya he estado. Ese es el problema. ¡Ha desaparecido mi traje de baño!

—¿Cómo que ha desaparecido? —le preguntó Lennart.

—Pues que ya no está. Ha volado. —Y para que no hubiera malentendidos añadió—: ¡Me lo han robado!

—¿Robado?

Michael se puso en pie de un salto. Inmediatamente, lanzó una mirada hacia los del Grünheim. Sabía perfectamente quién estaba detrás de todo esto.

—No te precipites —la frenó Linh—: ¿Estás segura de que no se te ha olvidado?

—¿Estás loca? —se encolerizó Ilka—. ¡Tenemos una competición! ¿Cómo me voy a olvidar del traje de baño? Lo he comprobado tres veces.

—¿Y ahora qué vas a hacer? —quiso saber Lennart.

Ilka lo miró como si no hubiera entendido nada de la conversación.

—¿Qué quieres que haga? Pues nada. ¡No voy a nadar desnuda! Y recoger el otro bañador de mi casa no te daría tiempo ni a ti... —Señaló con la cabeza a Yabali, que en ese momento se abría paso por las gradas con un helado en la mano y continuó—... ni a Yabali.

—¡Pero yo sí podría ayudarte! —intervino Linh, mirando a Ilka con una sonrisa radiante.

—¿Tú?

Todos sabían que Linh era una excelente yudoca y una gimnasta aún mejor: ágil, flexible y muy disciplinada. Pero desde luego no era buena corredora.

—No estoy hablando de correr —respondió Linh ante los rostros inquisitivos. Abrió su pequeña mochila y sacó su atuendo de gimnasia—. No es que sea la pera, pero más vale esto que nada. Además, creo que más o menos usamos la misma talla, ¿no?

Ilka se quedó sin habla. Cogió la malla de gimnasia que le ofrecía Linh y palpó el material. Linh tenía razón. No se diferenciaba tanto de su bañador.

En una piscina normal a nadie le habría chocado que se metiera en el agua con ese atuendo. Pero una competición era otra cosa. Ahí todo tenía que estar calculado al milímetro. El traje de baño no podía ser demasiado grande ni demasiado pequeño, y en ningún caso podía absorber agua, puesto que pesaría más. Tenía que ir pegado a la piel para que ofreciera la mínima resistencia posible; aunque también debía ser cómodo para que la nadadora pudiera moverse con libertad. Pero a Ilka no le quedaba otra alternativa. Como bien había dicho Linh, más valía eso que nada.

—Gracias —dijo—. Me lo voy a probar ahora mismo.

Echó a correr, sin dar tiempo a Yabali a llegar al grupo.

Yabali saludó sin demasiadas efusiones a los demás, dio un lametón al helado y les dijo que no tenía ninguna noticia que darles.

—¿Por qué no? —inquirió Michael—. ¿No puede la Vieja Fritz analizar los componentes de la bebida isotónica?

—Sí puede —asintió Yabali. El helado le goteaba. Con un rápido movimiento de mano atrapó las gotas y se chupó la mano manchada—. Pero dentro de unos días. Dice que tiene mucho que hacer con la organización. Además, una prueba de esas características lleva su tiempo. Al menos, en el laboratorio del colegio. No dispone de todos los medios necesarios.

—Qué lástima —opinó Linh.

—¿Lástima? —increpó Michael—. ¡Es una faena bien gorda! Ya no podemos impedir que esos canallas sigan haciendo de las suyas.

—Bueno, de momento vamos a animar a Ilka —propuso Linh.

Ante eso, naturalmente, nadie tuvo ningún reparo. Desde las gradas, se quedaron mirando fijamente la piscina hasta que Ilka salió de las duchas y se colocó en el bordillo.

—Le sienta bien la malla de gimnasta —opinó Michael.

Ilka, por el contrario, no acababa de estar muy conforme con su atuendo, que le tiraba de aquí y de allá. Luego alzó la vista hacia el banco de sus amigos y les hizo un gesto tranquilizador levantando el pulgar de la mano derecha.

—¡Todo ha salido a la perfección! —se alegró Lennart.

—¿El qué? —se extrañó Yabali, que no estaba al tanto del asunto—. ¿Que Ilka se haya duchado? No sabía que tuviera dificultades con eso.

Michael, Lennart y Linh se echaron a reír.

—¡Claro! —exclamó Lennart—. Las cien duchas a estilo libre. La nueva disciplina olímpica. ¿Es que no la conocías?

Linh susurró:

—¡Atención! ¡Ya empieza!

Ilka estaba ya colocada en la salida y notaba las miradas de sus contrincantes, que, a diferencia de

Yabali, se habían dado cuenta enseguida de que Ilka llevaba una malla de gimnasia. Algunas soltaron una risita. Otras apartaron rápidamente la atención para concentrarse en su salida. Ilka procuraba ignorar las miradas. Respiró profundamente, con las manos enlazadas en la nuca y estirando al mismo tiempo la espalda. Luego se colocó en posición de salida. La malla de gimnasia se le metía un poco por el trasero.

«Qué rabia —pensó Ilka—. Necesitaría una talla más».

En realidad, era ya un milagro que le hubiera cabido la malla de Linh, con lo menuda que era. Pero ya no había vuelta atrás. Tenía que lograr hacer una buena salida. Se gastaba mucha energía al intentar recuperar en el agua una mala salida. Energía que luego se echaba en falta en los veinte últimos metros. Ilka intentó abstraerse de todo cuanto la rodeaba. Ya solo estaban ella y el pistoletazo de salida, que sonaría de un momento a otro.

El juez dio la orden.

Ilka se agachó sacando la cabeza todo lo que pudo sin perder el equilibrio y acercó más las manos a los pies.

Sonó el pistoletazo de salida. Ilka saltó al agua. Enseguida se dio cuenta de que había empezado con buen pie. Fue de las primeras en saltar y la que más lejos llegó. Pero cuando se sumergió superficialmente en el agua, tal y como había practicado cien veces, y se deslizó los primeros metros con los brazos estirados, notó que la malla de gimnasia se le ladeaba y frenaba la corriente de agua. Tuvo que empezar a dar brazadas antes de lo deseable. El tirante izquierdo se le había resbalado hasta la mitad del hombro, lo que perjudicaba enormemente el movimiento del brazo. Pero no tenía tiempo de colocárselo bien.

«¡Tengo que nadar! —era lo único en lo que pensaba Ilka—. Nadar, nadar y nadar. No pienses en otra cosa».

Pero no encontró su ritmo. A cada brazada, daba tres patadas; cada dos brazadas con el brazo izquierdo, cogía aire. Quedaban tres brazadas para volver a expulsar el aire debajo del agua.

Coger aire por la izquierda. Expulsar el aire a la derecha, a la izquierda y a la derecha. Coger aire por la izquierda. Expulsar el aire a la derecha, a la izquierda y a la derecha.

Ese era su ritmo.

Sin embargo, el tirante desplazado de la malla de gimnasia, demasiado ajustada, le tiraba del brazo izquierdo, por lo que los movimientos de ese brazo eran bruscos y no se correspondían con la libertad de movimiento que tenía el derecho. Hasta los espectadores de las gradas se dieron cuenta.

Tom se dio un manotazo en el muslo.

—¿Qué hace? —dijo en tono despectivo—. ¡Parece una sardina intentando salir de la lata!

Sus compañeros soltaron una carcajada, a pesar de que Ilka iba por delante de la nadadora del Grünheim. Desafortunadamente, iba detrás de todas las demás.

Michael se puso rojo de ira.

—Me tiene hasta las narices. Se va a enterar...

Linh quiso sujetarlo de nuevo, pero esta vez Michael se zafó.

—¡Déjame! —dijo echando pestes—. Ya que tú no haces nada...

—No puedes demostrar que el traje de baño lo han ro...

—No necesito pruebas. Sé a qué atenerme. Saben que frente a nosotros no tienen nada que hacer. Por eso nos sabotean. La bebida isotónica envenenada, el traje de baño desaparecido... ¡Ya está bien!

Michael se abrió paso por las gradas, se abalanzó sobre Tom y lo agarró por la camiseta.

—¿Os parece gracioso o qué? —bramó contra él.

Tom apartó a Michael de un empujón.

—¿Qué mosca te ha picado?

Michael se tambaleó hacia atrás por el empujón, se cayó sujetando todavía a Tom por la camiseta y lo arrastró consigo al suelo.

Los dos rodaron por los bancos y fueron a parar a la siguiente grada, donde lamentablemente había dos profesores de un colegio invitado. Los profesores se levantaron de un salto y agarraron a Tom y a Michael por el pescuezo.

—¿Qué está pasando aquí, chicos? —preguntaron.

En ese momento, Ilka dio una voltereta hacia adelante, se impulsó con los pies en la pared de la piscina y se deslizó. Entonces se atrevió a mirar a los lados y vio que las otras nadadoras le sacaban ventaja. ¡Todas, incluso la del Grünheim!

«Tengo que alcanzarlas», se propuso, sin saber cómo iba a recuperar el tiempo perdido. Normalmente era, como mínimo, la segunda en dar la vuelta. La mayor parte de las veces giraba la primera y, como mucho, solo en los diez o cinco últimos metros, le pasaba otra nadadora. Pero eso de ir nadando la última, detrás de todas, era para ella una situación nueva. La recta final no era precisamente el fuerte de Ilka; lo suyo eran los veinticinco primeros metros, en los que solía sacarles a todas una cómoda ventaja.

«¡No pienses! —se ordenó a sí misma—. ¡Solo nada!».

Decidió cambiar de ritmo. En lugar de tres patadas comenzó a dar cinco con cada brazada. Ya no cogía aire cada segunda brazada del brazo izquierdo, sino cada tercera. Era imprescindible aguantar más rato sin respirar. De este modo disminuía la resistencia del agua durante más tiempo, y aunque el mayor trabajo de las piernas la dejaba exhausta, también la catapultaba más rápido hacia delante.

La discusión en las gradas continuaba:

—Haced el favor de comportaros como es debido, ¿entendido? —advirtieron los profesores.

—¡Ha empezado él! —lo acusó Tom.

—¡Le han robado el traje de baño a Ilka! —aseguró Michael en contrapartida.

—¡Esto es una fiesta deportiva! —aclararon los profesores, sin atender a las mutuas inculpaciones—. Os podemos expulsar. Con un poco de mala suerte, a lo mejor quedáis excluidos del resto de la competición. ¡Y ahora volved a vuestros sitios!

Los dos regresaron a sus filas como perros apaleados.

Yabali pegó un salto. En realidad iba a recibir a Michael, pero de repente vio que Ilka había metido el turbo.

—¡Mirad eso! ¡Se está recuperando!

Linh también se había puesto de pie, aunque era tan bajita que casi no se notaba.

Ilka aceleraba en la recta final. ¡Increíble!

—¡Lo va a conseguir! —gritó Linh entusiasmada.

Lennart también estaba pasmado por el espíritu luchador de Ilka.

—¡En el giro era la última, y ahora va la tercera!

Ilka notaba que se quedaba sin fuerzas. El cambio de ritmo había dado el resultado deseado, pero también le había hecho consumir más energía de la que imaginaba. Le dolían los brazos. Cada vez que sacaba brevemente la cabeza del agua para respirar, le parecía que ya no le entraba aire en los pulmones. El tirante de la malla le seguía estorbando. Sentía el peligro de volver a quedarse rezagada.

«¡Lucha! —se ordenó—. ¡Aguanta!».

Hasta entonces nunca le había costado tanto nadar. Pero no debía darse por vencida. Aunque le empezaban a doler los brazos, siguió luchando por avanzar. Ya solo quedaban unos metros.

«Tengo que aumentar otra vez la velocidad —pensó—. Lo conseguirás, lo conseguirás. Otro esfuerzo más, ¡venga!».

El final se le estaba haciendo cada vez más largo. Los pocos metros que faltaban parecían alargarse y estirarse como una cinta de goma; el agua parecía haberse transformado en un líquido pegajoso e impenetrable que convertía cada brazada en un tormento. Ilka tenía la sensación de no moverse del sitio, de estar pataleando en el agua como alguien que se ahoga.

Entonces, por fin, su mano tocó el borde de la piscina. Ilka se agarró a él con las dos manos y jadeó hasta que pudo respirar hondo un par de veces. Estaba hecha polvo. No sabía en qué puesto había llegado. El marcador aún seguía en negro.

—¡Madre mía, qué igualadas están! —exclamó Lennart—. Creo que ha quedado la cuarta.

—¡Qué va! La tercera —conjeturó Michael.

Pero, en realidad, a simple vista no se podía saber. Afortunadamente, una gran empresa de alta tecnología se había encargado de equipar la piscina con un cronómetro electrónico.

El marcador lanzó un destello y se encendió. Con un pelín de ventaja, Ilka había llegado la tercera y, por lo tanto, quedaba calificada para la semifinal.

Yabali resopló.

—¡Menos mal! Al final todo ha ido bien.

Linh asintió con la cabeza.

—Aunque es el peor resultado que ha obtenido Ilka en toda su vida. Probablemente no le sentaba tan bien mi malla de gimnasia.

—Desde luego, hay que ver la importancia que tiene eso —se asombró Yabali.

Para entonces, Linh ya se había levantado y había bajado a la piscina para felicitar a Ilka por su espíritu luchador.

Los del Grünheim se jalearon unos a otros, pese a que su compañera había quedado la última: ya contaban con eso. Para ellos lo importante era que Ilka no hubiera ganado, pues sabían cuántos puntos le costaba al colegio James Connolly el contratiempo de Ilka. Puntos con los que Los Cinco Cracks contaban con seguridad. Dando gritos de júbilo, salieron del pabellón de la piscina. Tom no perdió la ocasión de hacerle una mueca a Michael y decirle al pasar:

—Nos vemos enseguida en el salto de longitud.

Michael permaneció imperturbable.

—¿Qué tal te encuentras? —le preguntó Lennart.

Michael meneó la cabeza a uno y otro lado.

—Un poco mejor.

De todos modos, dudaba mucho de que en una hora se recuperara lo suficiente como para competir. Lo principal era que a los del Grünheim no se les ocurrieran más maldades para manipular la competición.

De pronto, Michael tuvo una idea.

—¡Venid conmigo! —les dijo a Yabali y a Lennart.

—¿Adónde? —preguntó Lennart.

—¡Que vengáis! —repitió, y echó a correr.

Yabali y Lennart se miraron desconcertados, se encogieron de hombros y salieron corriendo detrás de Michael. Lo alcanzaron en la salida.

Michael señaló a los del Grünheim, que estaban agrupados en torno a Tom y regresaban juntos al pequeño estadio deportivo.

—Quiero saber lo que se traen entre manos —les explicó Michael—. No hay que perderlos de vista.

—No es mala idea —reconoció Lennart.

—Deberíamos decírselo a las chicas —opinó Yabali.

Michael negó con la cabeza.

—No hay tiempo.

Los del Grünheim doblaron la esquina.

Michael comenzó a seguirlos. Yabali y Lennart lo acompañaron y se detuvieron antes de doblar la esquina. Primero querían cerciorarse de que los del Grünheim no los habían descubierto. Pero parecía que no habían notado nada, pues cruzaron la calle tan tranquilos y enfilaron directamente al estadio, donde se dirigieron a los vestuarios.

—¿Qué querrán hacer allí? —preguntó Michael.

El siguiente del Grünheim en competir guardaba sus cosas en la mochila, junto a las pistas. Y a los que no les tocaba su turno, tampoco se les había perdido nada en los vestuarios.

—A lo mejor es que a uno de ellos se le ha olvidado algo —aventuró Lennart.

—¡Ja! —rio Michael con amargura—. Ya sé qué se les ha olvidado: preparar la siguiente jugarreta. ¡Venga, vamos a vigilarlos!

Cruzó la calle a toda velocidad y se arrimó a una pared para que no lo vieran.

—¿Qué se propone? —dijo Yabali, volviéndose extrañado hacia Lennart.

Aquello le olía cada vez peor. Ojalá hubieran avisado a las chicas. Ahora ya era demasiado tarde.

Para entonces Michael había seguido a los del Grünheim hasta el sótano. A Yabali le hubiera gustado retenerlo, pero Michael perseguía a los del Grünheim con tal empeño que parecía que fuese a pillarlos cometiendo un crimen. Yabali y Lennart eran mucho más rápidos que Michael pero en esta ocasión lo seguían despacito, demorándose, sin correr. Cuando llegaron al sótano, aún les dio tiempo a ver cómo Michael pegaba la oreja a la puerta de una cabina de los vestuarios.

En ese mismo momento, la puerta se abrió de par en par tan repentinamente que Michael por poco se cae. Chocó contra Tom, que estaba en el umbral con las piernas abiertas. Todavía tenía la mano derecha en la manilla de la puerta, y la mano izquierda reposaba en la cadera.

—¡Aquí tenéis al culpable! —les anunció a sus compañeros.

Michael se incorporó.

—¿Qué... qué dices? —balbuceó.

—¡No disimules! —le increpó Tom—. No has asimilado la derrota y por eso me has robado mis zapatillas de deporte.

—¡Y las mías! —gritó otro.

—¡Todas! —bramó un tercero, furioso—. ¡Venga, devuélvenoslas!

—A ver, un momento —se defendió Michael—. ¿Es que estáis locos? ¿De qué me estáis hablando?

—Lo sabes perfectamente —afirmó Tom—. No tienes más que echar un vistazo.

Hizo un gesto invitándolo a pasar para que viera los vestuarios. Michael reconoció el estropicio:

la ropa de los del Grünheim había sido arrancada de los ganchos y estaba esparcida por todo el suelo. Las bolsas de deporte habían sido volcadas y...

—¡Han desaparecido todas las zapatillas! ¡Nos las han robado!

Michael no podía creérselo.

—¿Las han robado? —repitió Yabali, perplejo.

Lennart cayó en la cuenta de lo que insinuaba Tom.

—¿No creeréis que nosotros...?

—¿Quién si no? —le interrumpió Tom—. ¡Os hemos pillado con las manos en la masa!

Michael resopló furioso.

Lennart, en cambio, se llevó un dedo a la sien, como diciendo que les faltaba un tornillo.

—Y entonces ¿dónde están las zapatillas, listillo? ¿Crees que he escondido diez pares de zapatillas deportivas en el bolsillo de mis pantalones?

Un argumento difícilmente rebatible. Michael creyó que con eso quedaba zanjado el asunto. Pero Tom no se rendía con tanta facilidad. Es cierto que por un momento se desconcertó, porque realmente la objeción de Lennart no era nada disparatada, pero luego tuvo una idea:

—Se habrá largado con ellas algún cómplice vuestro.

Ahora a Lennart ya no se le ocurría nada. En su vida había oído semejante despropósito.

—Bueno, ya me he cansado —dijo Yabali, girando sobre sus talones.

Pero dos del Grünheim lo sujetaron por el brazo.

—De eso nada —dijo Tom con aire triunfal—. Aquí quietecito. Vamos a llamar al equipo de seguridad.

Yabali quiso soltarse, pero entre los dos lo tenían fuertemente agarrado. Cuando Michael acudió en su ayuda, otros dos alumnos del Grünheim se abalanzaron inmediatamente sobre él.

Tampoco a Lennart le fueron mejor las cosas. Se defendió igual que Michael, pero sin éxito, pues cada uno de ellos tenía que vérselas con dos rivales. Tras un breve forcejeo, los del Grünheim redujeron a Michael, Yabali y Lennart.

—Dentro de poco llegarán los encargados de la seguridad.

Lennart se limitó a menear la cabeza. Él mismo había ayudado a reunir a la gente que formaba el equipo y a distribuirla por el recinto. En realidad era una casualidad que no estuviera él de servicio. ¿Y ahora iban a venir a declararlo culpable? Qué absurdo.

Cuando llegaron, a Lennart le dio la risa. Eran Gerhardt y Franz, los dos levantadores de pesas de octavo. Pero no venían solos. Tras ellos llegó por el sótano el señor Rittmeier, el conserje. Sin saludar siquiera, soltó de sopetón:

—¡Un robo en una fiesta deportiva! ¿Dónde se ha visto eso?

—No hemos robado nada —se defendió enseguida Michael—. Al contrario: a mí me han echado en la bebida algo que me ha dado retortijones de estómago.

—Y el traje de baño de Ilka ha desaparecido —añadió Yabali.

—¡Exactamente! —tomó la palabra Lennart—. Porque los del Grünheim tienen miedo de perder contra nosotros.

—¿Miedo, nosotros? —gritó entonces Tom—. ¿De vosotros?

Y al decirlo empujó a Michael, que naturalmente no se dejó avasallar. Como aún seguían sujetándolo los dos alumnos del Grünheim, antes tuvo que librarse de ellos para poder lanzarse contra Tom, para lo cual propinó sendas patadas en las espinillas de sus dos guardianes. La cosa funcionó. Lo soltaron. Michael se abalanzó sobre Tom y se lio a puñetazos con él.

Esto fue motivo suficiente para que Lennart y Yabali hicieran lo mismo con sus guardianes.

—¡Alto! —vociferó el señor Rittmeier, con una voz atronadora que retumbó en el sótano como una tormenta.

Todos se quedaron como congelados en mitad de la pelea.

—¡Venid conmigo! —ordenó el conserje—. ¡Todos!

# 5 SABOTAJE

Michael, Yabali y Lennart estaban sentados cabizbajos al borde de la pista de carreras del estadio. Ni el buen ambiente que reinaba entre los numerosos espectadores ni la competición que se hallaban presenciando eran capaces de animarlos. En ese momento le tocaba el turno al lanzamiento de peso de las chicas. Vanessa, de su curso pero de otro grupo, libraba una batalla emocionante con dos competidoras con las que se jugaba el primer puesto. No estaba claro si era más acertado decir que Vanessa era grande o musculosa. El caso es que Vanessa era casi tan ancha como alta y poseía la fuerza de un oso. Probablemente era incluso más fuerte que Michael. Entre la algarabía del público, Vanessa lanzó la pesada bola al aire.

Los únicos que no prestaban atención a esa competición tan emocionante eran los tres chicos.

Nunca les habían soltado una reprimenda así. El señor Rittmeier había llevado a todos los gallos de pelea al despacho del director. Como es natural, el profesor Stölzer, ante una fiesta de tal magnitud, estaba ocupadísimo. De ahí que se enojara muchísimo cuando fueron a avisarlo a la tribuna de honor, donde se hallaba sentado con muchos invitados, porque sus alumnos se habían visto envueltos en una trifulca.

Al menos, no creyó ni por un instante que tres de sus mejores deportistas hubieran robado las zapatillas de deporte a unos invitados. Sin embargo, cuando Michael le contó su sospecha de que los del Grünheim le habían mezclado algo en la bebida, echaba espumarajos de rabia por la boca. ¡Cómo se le podía ocurrir a Michael acusar de una cosa así a los invitados! Además, se sentía decepcionado por el rendimiento de Michael en la carrera de velocidad y le parecía lamentable que ahora buscara unos pretextos tan fútiles. Con eso, el director dio por concluida la discusión. Si ocurría un solo contratiempo más, los amenazó con que los tres, Michael, Yabali y Lennart, quedarían expulsados del resto de la competición.

Luego regresó enfadado a la tribuna de honor. Antes de irse, insistió en que solo les daba otra oportunidad gracias a que los tres habían ayudado mucho en la preparación de los juegos.

—¡Una pelea en plena fiesta deportiva! ¿Dónde se ha visto eso? —había dicho el director, repitiendo las palabras del señor Rittmeier.

—¡Menudo chasco! —suspiró Michael—. Y encima Tom y los otros caraduras del Grünheim se estarán partiendo de risa a nuestra costa. Apuesto a que todavía...

—¡Déjalo ya! —lo interrumpió Lennart.

Michael entró en cólera.

—¿Es que tú también crees que yo habría corrido tan despacio si no me hubieran echado nada en la bebida?

Ilka y Linh se acercaron a los tres.

—¡Anda, pero si estáis aquí! ¿Dónde os habíais metido? ¿Habéis visto a Vanessa?

Los chicos negaron con la cabeza. No se habían enterado de los resultados de la competición de Vanessa. Había quedado la segunda. Medalla de plata. Un buen puesto para el medallero y para la puntuación total.

Los rostros de los amigos se iluminaron un instante. Luego volvieron a entristecerse. Yabali se encargó de contarles a las chicas toda la historia de los vestuarios y el rapapolvo del director.

Linh se puso muy seria.

—No se os puede dejar solos ni dos segundos. ¿No os había dicho yo que no podemos demostrar nada?

—Sí —refunfuñó Michael—. De nuevo, eres la más lista.

Linh abrió la boca, pero Michael levantó enseguida la mano.

—¡Nada de proverbios chinos, por favor!

—El que cede es el más listo —dijo Linh—. ¡Un dicho alemán! Bueno, venga, que te toca hacer el salto de longitud.

Michael se puso pálido y miró asustado el reloj de pulsera.

—¡Mierda! Tienes razón —dijo, levantándose de un salto.

—¿Te encuentras bien? —le preguntó Ilka.

Michael hizo un gesto de asentimiento.

—Estoy mejor. No en plena forma, pero aguantaré. Me voy, no vaya a ser que llegue tarde.

Y salió corriendo.

—¡Ay! —suspiró Yabali, cuando Michael ya no lo oía—. Tal y como está, no creo que llegue ni a la arena.

—¡Pero qué dices! —exclamó Linh.

Y como puso una cara tan rara, Yabali se disculpó al momento.

—No lo he dicho con mala idea.

—¡No, no es eso! —le corrigió Linh—. ¡Venid conmigo!

Antes de que los demás entendieran qué pasaba, Linh ya había cruzado la pista de tartán. Solo se volvió una vez para ver si sus amigos la seguían.

—Vamos, daos prisa. El salto de longitud está a punto de empezar.

—¿Qué mosca le habrá picado? —preguntó Ilka, moviendo la cabeza en un gesto de incomprensión.

Pero como siempre se podía confiar en Linh, la siguieron.

«A lo mejor es que a Linh le parece conveniente que los amigos de Michael estemos muy cerca de él cuando realice la primera prueba», pensó Ilka.

Linh corrió a toda velocidad hacia el foso del salto de longitud. Desde lejos, Ilka vio cómo Linh se agachaba ante él y buscaba algo en el suelo con la mano. Linh miró a su alrededor, se frotó los dedos, tocó otra vez el suelo y volvió a mirar en torno a sí.

—¡Mirad! —les dijo a sus amigos.

Y les enseñó la mano con la que acababa de palpar el suelo. Tenía los dedos sucísimos.

—¡Puag! —dijo Lennart—. ¿Qué has tocado?

—La tabla de batida —explicó Linh—. La han untado de jabón líquido.

—¿¡Jabón líquido!? —exclamó Yabali.

Sabía lo que eso significaba. Los saltadores cogían carrerilla a toda velocidad. Por regla general, pisaban con el pie exactamente en la tabla de batida para darse impulso. Si esta estaba enjabonada y los corredores resbalaban, podían acabar gravemente lesionados.

—¡Pero si eso es peligrosísimo! —añadió Yabali, que sencillamente no se podía creer que alguien pudiera hacer una cosa así.

—¡Sabotaje! —dijo Lennart, escupiendo con desprecio en el suelo—. No hay duda.

Linh asintió con la cabeza.

—Tienes razón. Pero no se sabe si han sido los del Grünheim.

—¡Ja! —la contradijo Lennart—. ¿Quién si no?

Linh se encogió de hombros. Ella tampoco lo sabía.

—Tenemos que decírselo al director.

Lennart agitó las manos y la cabeza al mismo tiempo.

—¡Ah, no! No pienso ir a verle por segunda vez. Os lo juro.

Yabali opinaba exactamente igual.

—Pero... —quiso objetar Linh.

Ilka tenía una idea mejor:

—Primero tenemos que decírselo al juez de campo antes de que empiece la competición.

Linh se mostró conforme. Eso era lo principal. La jueza de la competición del salto de longitud era la señora Kick. Con ella por lo menos se podía hablar. Ilka estiró el cuello para buscarla.

Al fondo, junto a la marca de arranque, Tom ya estaba preparado.

—Quita de ahí, boba —gruñó, haciéndole señas a Ilka para que se apartara del foso.

—Hum... —caviló Ilka—. Tom es el primero en saltar. No creo que boicotee su propio salto.

Eso también se le hacía raro a Linh.

—Es solo una maniobra de distracción —propuso Lennart—. Hará que su primer salto quede anulado. Michael es el segundo en saltar. Si Michael se lesiona, Tom tendrá vía libre a partir del segundo intento.

—Qué bien calculado —comentó Yabali.

Ilka y Linh, en cambio, no estaban tan convencidas como los chicos. Tampoco a ellas les caía bien Tom. No obstante, no le creían capaz de cometer un acto tan malintencionado.

—Es un deportista de los pies a la cabeza —opinó Linh.

—¡A ver cuándo os largáis de ahí, pandilla de grillados! —les insultó Tom a gritos.

—Quédate con tu deportista —susurró Lennart—. A mí me encantaría que se cayera de bruces.

Linh le lanzó una mirada de reproche.

—¡Estamos en una fiesta deportiva!

—Está bien, vale —concedió Lennart a regañadientes—. Pero de todos modos...

En esto se acercó la señora Kick. El comienzo de la competición del salto de longitud se estaba retrasando. De ahí que la señora Kick mirara nerviosa el reloj y reconviniera a los niños:

—¿Qué estáis tramando ahí?

Ilka le indicó la tabla de batida y Linh le enseñó la mano sucia. Susanne Kick meneó la cabeza con un gesto de incredulidad e inmediatamente hizo una seña a algunos ayudantes para que limpiaran la tabla de batida.

—Más tarde hablaré con el señor Rittmeier —anunció la señora Kick—. Qué tabla de batida más asquerosa. Además, supone un verdadero peligro. Menos mal que os habéis dado cuenta, niños.

La señora Kick dio media vuelta para recibir a los ayudantes, que llegaron corriendo, y les explicó lo que había que hacer.

—¿El señor Rittmeier? —repitió Lennart—. ¿Qué tiene que ver él con esto?

La señora Kick no oyó lo que le decía Lennart porque aún seguía ocupada con los ayudantes. Uno de ellos salió corriendo en busca de agua, esponjas y trapos de limpieza. La jueza hizo señas al otro juez de campo dándole a entender que, por desgracia, el salto de longitud tendría que retrasarse más.

—¡Ha sido un sabotaje! —le dijo Lennart a la señora Kick.

Entonces la profesora se volvió hacia Lennart.

—¿Cómo dices?

Lennart le repitió las sospechas que abrigaban. Esta vez, sin embargo, expuso sus conjeturas en términos generales, sin echar directamente la culpa a Tom y a los del Grünheim. Por eso Linh lo miró con cara de satisfacción.

—¿Sabotaje? —preguntó la señora Kick.

Su mirada se desvió a Yabali. Su compañera Cornelia Friedrich la había informado de que iba a analizar un bebida isotónica para Yabali.

—Decidme, niños, ¿no creéis que estáis llevando las cosas demasiado lejos con vuestra fantasía? ¿A quién se le va a ocurrir sabotear nuestra fiesta deportiva? Y sobre todo: ¿por qué?

Lennart abrió la boca. Pero tras cambiar una mirada con Linh, volvió a cerrarla enseguida. Hubiese querido decir: «A los del Grünheim», porque le parecía obvio.

—Yo tampoco lo sé —respondió Lennart con amargura—. ¡Pregúnteselo al director!

Resoplando de rabia, dio una patada en la arena, salió del foso y se dirigió hacia Michael.

—¿Qué le pasa? ¿Qué tiene? —preguntó extrañada la señora Kick.

—Mal humor —dijo Linh ateniéndose a la verdad, aunque naturalmente omitiendo la causa de ese mal humor.

Los ayudantes llegaron con todos los utensilios de limpieza y se dispusieron a quitar el jabón de la tabla de batida.

—Ya va a empezar —dijo la señora Kick—. Espero que Michael haya recuperado su forma.

Tom mataba el rato haciendo ejercicios de estiramiento. Pronto le tocaría hacer su primer intento.

Lennart dio un golpecito en el hombro de Michael para animarlo.

—¿Estás en forma?

Michael negó con la cabeza.

—No demasiado. Pero me encuentro mucho mejor que por la mañana. Ya veremos qué pasa.

—Otra cosa: Yo en tu lugar comprobaría de nuevo las marcas de la tabla de batida.

Michael se asustó. Eso ni siquiera se le había pasado por la cabeza.

Si los del Grünheim habían conseguido enjabonar la tabla de batida, no les habría costado ningún trabajo alterar las marcas de la misma. Unos pocos centímetros eran suficientes para desbaratar toda su carrera de arranque.

—Las marcas están bien —dijo Linh, que llegó justo a tiempo de oír las últimas palabras de Lennart.

—¿Y tú por qué lo sabes? —preguntó Michael.

—Pues porque el acto de sabotaje en la tabla de batida solo tiene sentido si el saltador pisa la tabla —respondió Linh.

Michael y Lennart se miraron desconcertados. Linh tenía razón.

—¡Atención! —les dijo Lennart, señalando hacia la pista de aceleración.

Tom había arrancado. Lleno de vigor, recorrió la pista a toda velocidad, dando unos pasos admirablemente regulares hacia el foso. Tocó impecablemente la tabla de batida, se elevó, braceó para darse más impulso, levantó las piernas poco antes del aterrizaje y logró saltar 4,19 metros.

—Un salto puñeteramente bueno —tuvo que reconocer Yabali.

Ahora le tocaba el turno a Michael.

—¡Lo conseguirás! —lo animó Lennart.

Michael se limitó a asentir en silencio. Hecho un manojo de nervios, se colocó en su señal de arranque, comprobó que había puesto el pie en su sitio, lo echó un poco para atrás y luego lo volvió a deslizar un poco hacia delante. Paseó la mirada por las otras señales, repasó mentalmente su ritmo de carrera y dio un paso de prueba hacia delante. Los pasos que diera tenían que ser exactamente de esa longitud. Había practicado innumerables veces lo de esprintar a toda velocidad sin alargar ni reducir los pasos. Sus pies tenían que mantener la medida uniforme de los pasos, como si fuera un autómata, para luego pisar la tabla de batida a toda carrera.

Michael se balanceó hacia adelante y hacia atrás y ensayó una y otra vez ese primer paso, para aprenderse bien la medida exacta de los que iba a dar.

Y luego echó a correr. Jadeaba. Resoplaba. Por el rabillo del ojo miró la segunda señal: bien.

Aceleró. Aún podía correr más. Siguiente señal: bien. ¿O no? ¿Había dado el último paso demasiado corto? Delante tenía la tabla de batida. A Michael le entró la inseguridad. Dio un trotecito y perdió un poco el ritmo. Saltó.

—¡Qué guay! —gritó Yabali lleno de júbilo—. ¡Seguro que ha pasado de los 4,20 metros!

Pero Linh se encargó de rebajarle la alegría. Señaló al juez de campo, que mostraba un banderín rojo: ¡salto nulo!

Desconsolado, Michael meneó la cabeza, corrió hasta la zona del salto y miró la huella de su pie en la tiza de la tabla de batida. El juez tenía razón. Se había pasado medio centímetro.

—¡Mierda! —se desfogó Michael.

Ahora era el turno de Lennart, que, como velocista, también tenía experiencia en saltos de altura.

—No te comas el coco por eso —consoló Lennart a Michael—. La longitud ha estado bien. Ya te has recuperado. Ahora solo te falta concentrarte ¡y será tuyo!

Michael asintió con la cabeza. Sencillamente se había puesto nervioso. En el siguiente salto se pondría a la cabeza. Segurísimo.

# 6 POR FIN UNA VICTORIA

Michael se había puesto el chándal para no enfriarse demasiado y para prevenir una amenazante contractura muscular. Sacó una botella de agua de la bolsa y cuando estaba a punto de beber, dudó. La había abierto y había bebido de ella antes del salto. Ahora ya no se atrevía.

Lennart lo entendió.

—Espera —ofreció—. Me queda una botella que todavía no he abierto. Con esa no te pasará nada.

Echó a correr, cogió su mochila y le pasó la botella a Michael.

—Gracias —dijo Michael, y al fin bebió tranquilo.

—Jo, tíos, esto es de locos —comentó Ilka—. En nuestra propia fiesta deportiva no nos atrevemos a beber ni agua.

—Es cierto —afirmó Lennart—. No podemos seguir así. Tenemos que... —Se interrumpió y comenzó a buscar algo con la mirada—. ¿Dónde están Yabali y Linh?

Yabali se había marchado porque tenía que prepararse para la carrera de mil quinientos metros, que tendría lugar ese mismo día.

Linh, sin embargo, aún seguía soñando despierta junto a la tabla de batida. O al menos eso parecía. Miraba fijamente al frente.

—¿Qué le pasará? —preguntó Lennart.

Ilka y Michael no lo sabían. Para averiguarlo, los tres se acercaron a ella y se lo preguntaron.

Sin mirarlos, Linh respondió:

—Estoy pensando.

—Ajá —dijo Michael—. ¿En qué?

—En dos preguntas que se me plantean —continuó Linh—. La primera es la siguiente: ¿cómo consigue alguien, en un solo día, manipular sin que nadie se dé cuenta una botella de bebida isotónica, robar un traje de baño y diez pares de zapatillas y, por si fuera poco, enjabonar la tabla de batida?

—Muy sencillo —le contestó Michael—. Los del Grünheim son muchos. Se habrán repartido las tareas. Cada uno habrá hecho solo una trampa. Si se suman, salen muchas.

—¿Y robar sus propias zapatillas? —insistió Linh.

—Claro —opinó Michael—. Para echarnos la culpa a nosotros. Para que nos descalifiquen, puesto que somos los rivales más peligrosos para los del Grünheim.

—Supongamos que no las robaron los del Grünheim —objetó Linh.

—¿No? —se extrañó Michael—. ¿Y quién si no?

—Eso es exactamente lo que quiero averiguar —dijo Linh, y señaló hacia los ocho mil espectadores—. Si fuera uno de ellos, lo habríamos visto. Un espectador normal no puede acercarse hasta aquí, hasta el foso del salto de longitud. Está acordonado.

—Pues por eso precisamente —Michael lo seguía viendo como una confirmación de sus sospechas—. En cambio, los del Grünheim pueden ir a todas partes.

—El juez de campo también —recalcó Linh—. Y todos los ayudantes. Tiene que ser alguien que conozca bien el programa.

—¿El programa? —se inmiscuyó Ilka—. ¡Pero si a todos los participantes se les ha dado un programa!

—Pero solo con el horario de las competiciones —respondió Linh—, no con el horario del servicio de los ayudantes.

—¡Eh! —exclamó Lennart, excitado—. Lo que ha dicho Linh significaría que...

—Que al culpable hay que buscarlo entre los ayudantes. ¡Exacto! —dijo Linh, corroborando su teoría.

Una fuerte ovación interrumpió la conversación.

La señora Kick llegó a todo correr.

—¿Se puede saber qué os pasa? —preguntó—. Michael, ¿es que no piensas volver a saltar?

—¿Yo? Claro que sí. ¿Por qué? —balbució Michael.

De repente se acordó. ¡Su segundo intento! ¡Maldita sea! Con tanto nerviosismo por el dichoso saboteador se había olvidado por completo de su segundo intento. Jamás le había pasado nada parecido.

—¡Ya voy! —dijo apresurándose.

—Pues ya va siendo hora. Te han llamado ya dos veces, y tú sin enterarte. Solo te faltan veinte segundos para la salida.

—¡Maldita sea! —despotricó Michael.

Rápidamente se quitó el chándal, lo tiró de cualquier manera, fue corriendo hasta su marca de salto y, desde allí, sin detenerse, continuó hasta el área de carrera previa al salto de longitud.

—Demasiado precipitado —comentó Linh—. No le va a salir bien.

En efecto, tampoco esta vez le salió bien. Michael tropezó varias veces, y aunque en esta ocasión pisó bien la tabla de batida, no consiguió coger su ritmo.

—¡Válido! —gritó Lennart—. Por fin.

—Sí —murmuró Ilka—. Pero echa un vistazo al resultado.

El marcador indicaba 3,51 metros.

—¡Vaya! —se le escapó a Lennart.

Michael aún seguía en el foso, con ganas de enterrarse en la arena. Nunca había hecho un salto tan lamentable.

«¿Por qué no habrá forzado un salto fallido?», se preguntó Ilka.

Ese método solía ser habitual entre los saltadores. Si notaban que la carrera no iba bien, sencillamente pisaban rebasando la tabla o seguían corriendo sin saltar. Entonces el salto quedaba anulado, lo cual era más agradable que un resultado penoso. Michael, en cambio, no había aprovechado esa oportunidad, por lo que en lugar de otro salto nulo, ahora tenía uno de 3,51 metros.

En el segundo intento, Tom había obtenido 4,65 metros. Con el buen humor que le provocaba la ventaja, se acercó a Michael.

—Hasta con los pies atados soy capaz de saltar más que tú —se rio.

—Como sigas diciendo sandeces, te los ato de verdad —respondió Michael.

Y de una zancada salió del foso de arena echando pestes. Para él, lo peor era que Tom tenía razón.

Sus amigos lo recibieron con cara de extrañeza, aunque sabían perfectamente por qué había echado a perder el salto. Pero eso a Michael no lo consolaba demasiado. Ahora ya solo le quedaba un único intento. Si tampoco le salía bien, entonces...

—El último intento tampoco lo hará a pleno rendimiento —susurró Ilka al oído de Linh—. Tiene demasiado miedo de rebasar la tabla de batida y hacer otro salto fallido.

Linh compartía la preocupación de Ilka. A ella también le parecía que Michael carecía del aplomo necesario. Pero ¡qué se le iba a hacer!

Los otros atletas dieron también unos saltos de una longitud respetable. Ninguno tan bien como Tom, pero todos ellos sobrepasaron los cuatro metros. Michael iba en último lugar con mucha desventaja.

Esta vez Michael ni siquiera se puso el chándal. No quería retrasarse por segunda vez. Nervioso como un tigre enjaulado, no paraba de moverse de acá para allá. Por lo menos el estómago ya no lo molestaba.

—¿Nervioso? —le preguntó Tom, sentándose en el suelo, justo delante de él.

Por suerte lo llamaron enseguida para que hiciera su tercer intento. Se levantó con gesto indolente y distendió las piernas con unos cuantos botes. Ya no tenía nada que perder. Ninguno se había acercado siquiera a la longitud alcanzada por él.

Tom se concentró un momento, salió disparado, alcanzó una velocidad increíble, saltó pisando de pleno la tabla, braceó en el aire, estiró las piernas con energía justo antes del aterrizaje y aterrizó a la perfección. Un salto prodigioso. Y de gran longitud.

Michael contrajo la cara en una mueca.

El marcador indicaba 4,69 metros.

Los ocho mil espectadores aplaudieron exaltados. Tom alzó los brazos y salió de la arena feliz y contento, al tiempo que le decía a Michael por encima del hombro:

—Ahora te toca a ti.

A Michael le temblaban las rodillas. De rabia, de nerviosismo, y por miedo a fallar. Fue literalmente a rastras hacia la señal de la pista de arranque.

—Tranquilo —le gritó Lennart, aun a sabiendas de que en esa situación era imposible.

—¡Lo conseguirás! —lo animó Ilka.

Tom se echó a reír.

—¡Eso no os lo creéis ni vosotros!

Linh corrió hasta Michael.

—¿Qué quieres? —preguntó este, nervioso—. Déjame. Tengo que concentrarme.

Linh no cejó en su empeño, se acercó más y le dijo al oído:

—Piensa en esto: quien vence a otros es fuerte; quien se vence a sí mismo es invencible.

Michael la miró con ojos como platos. Ella sonrió, le cogió la mano y se la apretó con fuerza.

—Tu rival no es Tom, sino tú mismo —le dijo—. Y contigo sabrás arreglártelas, ¿no?

Soltó la mano de Michael, le guiñó un ojo, retrocedió y lo dejó solo.

—¿Y bien? ¿Qué tenías que decirle al oído a ese fracasado? —la incordió Tom.

Linh se acercó a Tom como acababa de acercarse a Michael y le susurró al oído:

—Lo he embrujado. Así que no te extrañes de lo que pueda pasar.

—¿Quéeee? —preguntó Tom.

Michael lo oyó y no pudo evitar reírse.

«Linh y sus proverbios —pensó—. Tom no lo entenderá nunca».

Luego se concentró en su salto. Clavó la mirada en la tabla de batida y repasó mentalmente el proverbio de Linh: «Quien se vence a sí mismo es invencible».

Podía conseguirlo. Lo sabía.

Tenía que conseguirlo.

¿Qué le importaba a él el supersalto de Tom?

¡Lo conseguiría! ¡Era invencible! Linh lo sabía. Y el resto del mundo también lo sabría enseguida.

Su mirada recayó de nuevo en Linh, que cerró los ojos, asintió con la cabeza, volvió a abrir los ojos y sonrió.

Michael comprendió. Empezó a correr mentalmente, sin moverse del sitio, con pasos cada vez más rápidos. Era como si quisiera correr pero una fuerza invisible lo retuviera. Hasta que tuvo la sensación de haber alcanzado la temperatura ideal para la carrera. Entonces salió disparado.

—¡Hala! —exclamó Lennart desde el borde de la pista de arranque—. ¡Qué velocidad!

—¡Michael nunca ha corrido tanto! —observó Ilka.

Michael corría a una velocidad vertiginosa, sin fijarse en las señales. Notaba que su ritmo era el apropiado. «¡Más deprisa!», se ordenó a sí mismo. Y aceleró aún más. La tabla de batida solo la percibió con el subconsciente, sin preocuparse por ella, concentrándose completamente en el impulso que le daría a la pierna para saltar.

«¡Ahora!». Michael se elevó en el aire. Notó lo alto que estaba saltando y lo lejos que estaba llegando. Le pareció que volaba. Con los brazos cogió todavía más impulso y adelantó las piernas cuanto pudo durante el vuelo. Al aterrizar, amenazó con caerse hacia atrás, pero recuperó el equilibrio enseguida y se enderezó.

Michael oyó los gritos de júbilo de sus amigos. Se volvió hacia el juez de campo y vio el banderín blanco. Válido. Luego, el resultado. Se iluminó el tanteador. 4,71 metros. ¡El primer puesto!

Al momento se vio rodeado por sus amigos. Ilka, Lennart y Linh se pusieron a dar brincos a su alrededor, a abrazarlo y a jalearlo.

—¡Tienes puntos de sobra! —gritó Lennart.

En contra de su costumbre, Michael se quedó muy callado. Miró a Linh y solo le dijo una palabra en voz baja:

—Gracias.

Entonces llegó también la señora Kick para felicitar a Michael.

Nadie vio el gesto de perplejidad de Tom, que se retiró cabizbajo.

Con su mejor resultado del año solo había quedado el segundo. No se lo podía creer.

—¿Y ahora? —les preguntó la señora Kick—. ¿Es que no vais a apoyar a Yabali?

—¡Sí, desde luego que sí! —respondió Lennart—. Pero todavía tenemos un poco de tiempo hasta que empiece.

—¿Tiempo? ¿Y qué pasa con los montones de basura de esta mañana? ¡Aún siguen ahí!

Linh se llevó la mano a la frente. ¡La basura! Con tanta emoción se le había olvidado por completo. Y eso que Linh odiaba dejar las cosas a medias.

—¿Qué van a pensar los invitados de nuestro colegio? —riñó la señora Kick a los chicos—. Pensarán que más que unas miniolimpiadas hemos organizado un campeonato de basura.

—Vale, vale —dijo Michael para apaciguarla—. Ahora mismo vamos.

La señora Kick se mostró conforme.

—Pero si queréis animar a Yabali, tendréis que daros prisa.

Se marcharon inmediatamente.

Antes de llegar al estadio y nada más ponerse unos delantales nuevos, hechos a base de bolsas de basura, y sus guantes de plástico, se cruzaron con unos cuantos alumnos del Grünheim. A la cabeza de todos iba Tom. Con una sonrisa de oreja a oreja, se detuvo y señaló a Michael y a sus amigos.

—¡Qué! ¿Habéis reconocido de una vez vuestro verdadero destino? —se burló—. Solo quería deciros que durante el salto de Michael soplaba un fuerte viento a su favor. Hemos pedido que comprueben si su salto se puede dar por válido.

Michael se puso pálido.

—¿Qué?

Lennart lo retuvo:

—Déjalo que diga lo que quiera. Es todo un disparate.

—¿Un disparate? —repitió Tom—. Preguntad vosotros mismos.

—Descuida que lo haremos —le prometió Lennart.

Ilka apartó a uno del Grünheim porque estaba pisando un vaso de plástico.

—Ten cuidado —le dijo—. De lo contrario, vas a acabar tú también en la basura.

Linh sonrió amablemente a Tom.

Pero este no pudo contenerse y se puso a enumerar los percances de Los Cinco Cracks:

—En realidad, si anulan el salto, no os queda mucho, que digamos. Michael ha fallado en la carrera e Ilka por poco se ahoga nadando. ¿Y a vosotros os llaman Los Cinco Cracks? No me hagáis reír. ¡Los Cinco Inútiles sería más apropiado!

Michael apretujó el vaso de plástico con la mano antes de lanzarlo a la bolsa de basura. No quería dejarse provocar, pero le resultaba dificilísimo.

—¿Crees que vais a ganar? —preguntó Linh afablemente.

Tom se echó a reír.

—¿Quién si no? Ya tengo ganas de ver la chapuza que hace Yabali en la carrera de mil quinientos metros.

Antes de dejar que Michael estallara, Linh avanzó un paso hacia Tom.

—Más vale llevar a cabo pequeñas hazañas que planear grandes proezas —dijo.

—¿Eh? —Una vez más, Tom no entendió el proverbio chino de Linh—. ¿Qué significa eso?

—Eso significa que más te valdría ayudarnos a recoger —dijo Ilka con una sonrisita, y le encasquetó una bolsa de basura en la mano.

Cuando Tom se disponía a tirarla, pasó un profesor de gimnasia a su lado, vio a Tom con una bolsa de basura en la mano y se dirigió a él.

—Me parece muy bien que echéis una mano a los anfitriones. Eso sí que es puro espíritu deportivo. Os ayudaré un poco yo también.

Cogió una bolsa y se puso a recoger basura.

—¡Genial! —dijo Lennart riéndose, y se dirigió a los otros alumnos del Grünheim, que miraban con cara de pasmados—. ¡Hala, coged bolsas!

Con una sonrisa de guasa fue repartiendo todas las bolsas de basura; los del Grünheim estaban tan desconcertados que las aceptaron sin más. En vista de que su profesor de gimnasia se había puesto a recoger basura, difícilmente podían rechazarlas y largarse. Así que de mala gana, también ellos se pusieron a ayudar en la recogida.

Michael rio para sus adentros y tuvo una idea.

—¡Virgen Santa! —exclamó de manera un tanto teatral.

—¿Qué pasa? —le preguntó el profesor de gimnasia del Grünheim.

—Todavía tenemos que preparar la merienda para esta tarde —mintió Michael. Aunque era verdad que iban a hacer la merienda, todavía tenían tres horas por delante. Pero Michael aseguró—: Ya llegamos tarde.

Entonces el profesor de gimnasia dijo:

—Id si queréis. Nosotros nos encargaremos de esto.

Tom se quedó boquiabierto al ver que Michael, Lennart, Ilka y Linh, con una sonrisa picarona, se quitaban los delantales y los guantes y se despedían.

—Es un detalle por vuestra parte, de verdad —les dijo Ilka, mientras se alejaba.

# 7 UN AYUDANTE CON NOMBRE FALSO

Michael, Ilka, Linh y Lennart llegaron un poco tarde a la pista de carreras. Habían ido a informarse acerca de la queja de los del Grünheim por el viento a favor que había soplado supuestamente durante el salto de Michael. Pero tal y como esperaban, el viento no había superado la fuerza permitida. Con ese asunto, al menos, no había ningún problema.

Acababa de sonar el pistoletazo de salida para la carrera de mil quinientos metros. Yabali figuraba entre los favoritos. Sin embargo, nada más echar un vistazo, Lennart se dio cuenta de que algo no cuadraba. Yabali corría de una manera extraña. Y eso que poco antes de la carrera se había sentido bien y seguro de su victoria. Ahora, sin embargo, corría como si estuviese pisando ascuas.

—Da la impresión de que tuviese algo dentro de las zapatillas —opinó Linh, después de observar un rato la manera de correr de Yabali.

—¡Otro sabotaje! —exclamó Michael, suspirando.

—No puede ser —lo contradijo Ilka—. Si tuviera algo en una zapatilla, se habría dado cuenta nada más ponérsela.

—Pero ocurre algo raro... —insistió Linh.

Los corredores ya habían dado la primera vuelta. Cuando Yabali pasó justo delante de sus amigos, Linh estuvo tentada de preguntarle qué le pasaba. Pero sabía que no se podía hablar con un corredor durante la carrera. Yabali parecía todo menos concentrado. Ya iba con retraso. Como en el caso de Ilka y Michael, aquello era completamente inusual.

De repente, Yabali se paró del todo.

—¡Dios mío! ¿Qué hace ahora? —dijo Ilka horrorizada.

—¿Qué pasa? —le gritó Linh, saltándose todas las reglas de conducta.

—¡Sigue corriendo! —lo apremió Michael—. ¡Lo conseguirás! ¡Tú sigue!

Yabali se quitó la zapatilla del pie derecho y la tiró al césped, en mitad del estadio.

—Pero si está... —balbuceó Lennart, estupefacto.

—... quitándose las zapatillas —completó Michael la frase, igual de perplejo.

Efectivamente, Yabali se quitó también la otra zapatilla. Y continuó la carrera... ¡descalzo!

—¡Está loco! —exclamó Linh.

No lejos de ellos, el grupo de los del Grünheim también observaban desconcertados el número que estaba montando Yabali en la pista. A diferencia de los amigos de Yabali, soltaron una sonora carcajada.

—Parece un payaso... —se indignó Michael.

Ilka lo veía de otra manera.

—¿Por qué? —preguntó—. Yo he nadado con una malla de gimnasia y ahora Yabali está corriendo descalzo. ¡Los del Grünheim no tienen ninguna oportunidad!

—¿Cómo que no tienen oportunidad? —refunfuñó Michael—. ¡Si van a la cabeza!

De hecho, los dos primeros corredores eran del Colegio Grünheim.

Pero Ilka no le hizo caso y siguió animando a Yabali a gritos:

—¡Vamos, Yabali! ¡Venga, que los vas a alcanzar!

Para entonces Yabali iba a una distancia de más de veinte metros del último corredor, pero de todos modos faltaban más de dos vueltas y media por correr.

—¡Lo conseguirá! —dijo Ilka, y lo creía firmemente.

Michael tenía sus dudas al respecto:

—Sus condiciones físicas son muy buenas —contestó—. Pero ¿cómo va a correr descalzo otros mil cien metros por la pista de tartán? A la próxima vuelta le arderán los pies.

De mal humor, miró de reojo cómo se divertían los del Grünheim. Se reían señalando hacia Yabali y algunos hasta sacaron la cámara digital de la mochila.

—Fijaos en eso —se enfadó Lennart—. Que nadie me cuente que no están en el ajo. Habría que expulsar de la competición a los del Grünheim.

Michael compartía su opinión desde hacía tiempo.

Linh no participaba en el debate. Se aseguró de que la pista estaba completamente libre, y la cruzó corriendo para recoger las zapatillas de Yabali.

Al poco rato, apareció de nuevo junto a sus amigos y afirmó:

—A estas zapatillas no les pasa nada. No lo entiendo.

Lennart le cogió las zapatillas para examinarlas otra vez con detenimiento. Desde luego, Yabali no corría descalzo por propia voluntad. Eso no le cabía en la cabeza.

Los del Grünheim no paraban de vociferar. Tenían buenas razones para estar de buen humor.

Aunque Yabali había conseguido alcanzar al grupo, los dos del Grünheim se habían distanciado de los demás y les sacaban diez metros o más.

—Esto no puede ser —continuó Lennart—. ¿Cómo va a correr descalzo toda la carrera?

—Abele Bikila —dijo Linh en voz baja, para sus adentros.

—¿Qué has dicho? —le preguntó Lennart.

—Abele Bikila —repitió Linh—. Estoy segura de que Yabali se ha acordado de él cuando se ha descalzado.

—¿Quién es él? ¿A quién te refieres? —preguntó Ilka.

—Abele Bikila era un corredor etíope que ganó la primera medalla olímpica para un país africano en la historia de los Juegos Olímpicos. En Roma, en 1960. En la maratón. ¿Y cómo corrió?

—No me digas que descalzo —dijo Michael.

No podía imaginar que alguien corriera descalzo cuarenta y dos kilómetros sobre asfalto.

—Pues sí —le confirmó Linh—. Además, en esa ocasión batió el récord mundial.

—Qué disparate —soltó Michael—. ¿Y qué clase de pies tenía?

—Bien entrenados —respondió Linh—. Muchos niños de los pueblos etíopes tenían un largo recorrido hasta llegar al colegio, de hasta quince, veinte o más kilómetros. Y no iban andando, ¡sino corriendo!

—Como Yabali, que siempre va corriendo —se le ocurrió a Lennart.

Linh asintió.

—Sí. Yo creo que en algunas comarcas todavía siguen haciendo lo mismo. Y muchos niños no tienen calzado, o lo tienen, pero gastado por el uso, como fue el caso de las zapatillas de correr de Bikila en 1960 en Roma. Como tenía poco tiempo para acostumbrarse a otras nuevas, corrió descalzo. De todos modos, de niño iba y volvía a diario descalzo al colegio, que estaba a veinticinco kilómetros de distancia.

—¿Por qué sabes todo eso? —se asombró Ilka.

—Yabali tiene una foto de ese corredor pegada en la carpeta del colegio. Y, entre nosotros, os diré que no es la primera vez que corre descalzo.

Ilka meneó la cabeza con gesto de incredulidad. Nunca había oído hablar de eso. Con la de tiempo que hacía que era amiga de Yabali y apenas sabía nada de él. Se puso un pelín celosa de Linh en ese momento.

Michael y Lennart tampoco sabían nada del ídolo de Yabali.

En cualquier caso, gracias a que emulaba a su gran ídolo Abele Bikila, ahora tenía muchas posibilidades de aguantar toda la carrera descalzo. En ese momento, se colocó en el tercer puesto, justo detrás de los dos del Grünheim.

—Si no les saca ventaja a tiempo, va a perder —aseguró Lennart—. Contra el *sprint* de ese no puede hacer nada. ¿Cómo se llama?

Con la emoción y los nervios se acordaba del nombre del alumno del Grünheim que de momento iba en segunda posición.

—Matthias —lo ayudó Michael.

Como es natural, a la mayor parte de los participantes no los conocían por el nombre. Es más, había muchos colegios contra los que Michael y sus amigos no habían competido nunca. Pero los viejos rivales del Grünheim eran todos conocidos. Uno por uno. Con sus puntos fuertes y sus puntos débiles. Mientras que Yabali corría también los cinco mil metros y alguna vez incluso había corrido media maratón, Matthias estaba especializado en los mil quinientos metros. Aproximadamente a cien metros de la meta iniciaba por regla general un *sprint* que nadie era capaz de seguir.

El del Grünheim que en se momento iba en primera posición no suponía ningún peligro para Yabali. Eso también lo sabían Michael y Lennart.

—Él solo es la liebre —proclamó Michael—. Enseguida se descolgará.

Yabali también lo sabía, claro. Aumentó la velocidad e inmediatamente se hizo realidad lo que había pronosticado Michael. El chico del Grünheim que iba a la cabeza fue adelantado tanto por Yabali como por Matthias, y enseguida quedó rezagado. Pero Yabali no se conformaba con eso. Aprovechando el impulso que había tomado, adelantó también a Matthias.

—¡Ahora está atacando! —gritó entusiasmado Michael.

—¡Así se hace! —exclamó Lennart, lleno de júbilo.

Pero Matthias aguantaba el tipo. Aunque Yabali lo había adelantado, no acababa de sacarle una ventaja clara. El tercero, tras Yabali y Matthias, pasó también al del Grünheim que previamente había encabezado la carrera. Ahora Yabali corría en primera posición y aumentó de nuevo la velocidad.

—Faltan trescientos metros —constató Ilka.

Matthias se descolgó un poco.

—Ya lo tiene —creyó entonces Lennart.

Pero Matthias no se distanciaba más de cuatro o cinco metros.

—Eso no es suficiente —dijo Linh, apretando los labios y los puños, sin dejar de balancearse de un lado a otro.

Yabali tenía que sacarle otros tres o cuatro metros de ventaja si no quería ser vencido en la recta final.

Sacando lo mejor de sí mismo, Yabali pegó otro acelerón. Matthias resistió. Ahora habría unos cinco o quizá seis metros entre él y Yabali. Los dos llegaron a la última curva.

Entonces Matthias aceleró la marcha. Antes de lo habitual.

Linh se quedó sin respiración.

—Se está poniendo nervioso —dijo.

—Yo también —reconoció Lennart.

Matthias acortó a ojos vista la distancia con respecto a Yabali.

Ilka, Michael y Lennart a duras penas podían seguir mirando. Pero Linh lo tenía claro:

—Matthias ha esprintado demasiado pronto. No lo va a resistir. Ha caído en la trampa que le ha tendido Yabali.

Cuando los dos salieron de la curva y enfilaron la recta final, la ventaja de Yabali ascendía como mucho a dos metros. Matthias corría inmediatamente detrás de Yabali; le dio alcance y se puso a la par con Yabali.

—¡Vaya, hombre! —se quejó Michael.

Lennart también se resignó:

—Ya no hay nada que hacer.

Ilka volvió a animar con todas sus fuerzas a Yabali.

Y Linh seguía aferrada a su opinión:

—Matthias se viene abajo.

Opinión que en modo alguno compartían los del Grünheim, que estaban a pocos metros de ellos y no paraban de dar saltos y animar y jalear a Matthias.

Y efectivamente, Matthias fue capaz de sacarle una pequeña ventaja de un metro. Yabali mantuvo la distancia un momento.

Ya solo les separaban de la línea de meta unos cuarenta metros.

—¡Adelántalo, Yabali! —vociferó Michael, poniéndose las manos como un embudo en la boca—. ¡Tú puedes!

Naturalmente, a Matthias lo animaban del mismo modo sus compañeros.

De repente, todo el estadio prestaba atención a esta pugna final. La mayor parte de los espectadores incluso se levantaron de sus asientos y se pusieron a aplaudir, al tiempo que gritaban y jaleaban a los corredores aun cuando no tuvieran ningún favorito, simplemente porque los dos chicos estaban ofreciendo una carrera formidable y trepidante.

Un escalofrío recorrió la espalda de Lennart. Jamás había presenciado un espectáculo tan fantástico en una competición de atletismo. Por un momento le entraron ganas de que llegara su carrera de cien metros, programada para el día siguiente. Ojalá el público estuviera igual de entregado...

—¡Yaaaaa... baaaaa... liiiii! —gritaba Linh con voz aguda.

Entonces Yabali se puso en acción. Nadie sabía de dónde sacaba esas reservas de energía. Matthias estaba considerado como imbatible en el *sprint* final de la carrera de mil quinientos metros. Ahora le sacaba una ventaja de casi dos metros.

Pero Yabali aceleró, alcanzó a Matthias e incluso lo adelantó. Faltaban quince metros para la meta.

Lennart gritaba a pleno pulmón:

—Yaaaaa... baaaa...

De pronto, Yabali soltó un grito, encogió la pierna derecha con un gesto de dolor y tropezó.

Eso bastó para que Matthias, del Grünheim, se hiciera con las riendas.

—¡No! —se le escapó a Ilka.

Yabali se pasó rápidamente la mano por la planta del pie y siguió corriendo... mientras Matthias cruzaba la meta sin el menor esfuerzo.

Los del Grünheim lanzaron gritos de alegría.

—¡El segundo! —exclamó Linh entusiasmada—. Temía que tuviera una rotura de ligamentos o algo parecido.

—Qué va, ha debido de pisar algo —respondió Lennart.

Este salió corriendo con los demás para rodear a Yabali y acribillarlo a preguntas.

—Chinchetas —fue lo único que murmuró Yabali.

—Chin...

A Linh se le quedó la palabra atravesada en la garganta. ¿Había entendido bien?

Yabali asintió.

—En la pista, justo antes de llegar a la meta, había chinchetas. He pisado una. Y antes, alguien me había metido polvos picapica o algo parecido en las zapatillas. Y claro, eso no se nota hasta que las tienes puestas. Pero en plena carrera me han empezado a picar y a escocer los pies rabiosamente. ¡Algo insoportable! Por eso me las he tenido que quitar.

—Para que corrieras descalzo y pisaras las chinchetas —asoció Ilka—. ¡Qué mala leche!

La señora Kick llegó corriendo, igual que tras el sabotaje del salto de longitud.

—¿Estás bien, Yabali?

Yabali asintió con la cabeza.

Una vez que los otros corredores hubieron cruzado la meta, Linh se apresuró hacia el lugar del siniestro, lo examinó y, efectivamente, encontró chinchetas en la pista. Las recogió y se las enseñó a la señora Kick.

—¡Otra trampa! —se encolerizó Michael—. ¡Hay que repetir la carrera!

La señora Kick no salía de su asombro al ver las chinchetas.

—Primero el jabón líquido en el salto de longitud, ahora las chinchetas en la pista de tartán... ¿Qué está pasando aquí?

—¡Han sido los del Grünheim! —Michael no se pudo contener más tiempo. Señaló hacia el alborozado grupo de los alumnos del Grünheim—. No creo que sea ninguna casualidad que cada vez que nos pasa algo, ganen los del Grünheim.

—¿Y las zapatillas robadas? —preguntó la señora Kick.

Ilka señaló a los pies de los del Grünheim.

—¿Tiene usted la impresión de que les faltan las zapatillas?

La señora Kick miró con más detenimiento. Cada alumno del Grünheim llevaba sus zapatillas de deporte. Y hacía solo tres horas que habían denunciado el robo.

—Fíjese bien. Las zapatillas que llevan no son nuevas, parecen muy gastadas —añadió Lennart.

Yabali era de la misma opinión.

—Todo el robo ha sido solo un simulacro para echarnos la culpa a nosotros. Para que no podamos culparlos a ellos.

Pero la señora Kick no se lo acababa de creer. Con el ceño fruncido, cogió las chinchetas que sujetaba Linh y prometió:

—Hablaré de ello con el director.

Michael hizo un gesto de asentimiento, pero pensó para sus adentros: «¡Lo que faltaba! Seguramente el director no querrá saber nada más del asunto». ¿Y si les expulsaba de la competición a él y a Lennart por seguir sospechando de los del Grünheim?

En eso mismo debía de estar pensando Lennart, pues nada más volver la espalda la señora Kick, dijo con un suspiro:

—Precisamente con el director..., ¡qué mala pata!

—Venid conmigo —decidió Linh.

Ya era hora de comprobar si su teoría, según la cual al culpable había que buscarlo entre el equipo de ayudantes, era cierta. Con más razón después de haber encontrado chinchetas en la pista. Nadie más que un ayudante podía haberlas esparcido por el suelo. Y si Susanne Kick iba a alertar al director, tenían que darse prisa.

—Si os mandan otra vez a ver al director y seguís sin tener pruebas, la cosa se pondrá chunga —sentenció.

Ante eso, Michael y Lennart solo podían darle la razón. De modo que siguieron a Linh hasta el aula magna para mirar las listas de los ayudantes y ver si les llamaba la atención algo fuera de lo normal.

Durante la fiesta deportiva, el aula magna del colegio hacía las veces de central de aprovisionamiento y organización. Desde aquí se organizaba y se coordinaba todo: el personal de enfermería, los contactos con la prensa, el horario de las competiciones, los menús, el programa de los ayudantes, de los cocineros, de los servicios del orden, de los jueces de campo; el aula servía como oficina de objetos perdidos y como lugar de distribución de todo el material posible, desde los megáfonos hasta los rotuladores. Aquí se registraba también la valoración por puntos y se seguía el pronóstico del tiempo. Todo lo que tenía relevancia para las importantes miniolimpiadas se controlaba desde aquí. Así tenía el aula el aspecto que tenía.

Linh fue saltando entre unos sacos de dormir que estaban en la entrada. En ellos dormían todos los que realizaban el servicio nocturno. Detrás habían montado su tienda los enfermeros. Varias cajas con vendajes de todo tipo y algunas camillas apoyadas en la pared se hallaban ahí a disposición de quien las necesitara. Dos enfermeros descansaban en ese momento en unos camastros. De algún lugar venía el ruido de una radio encendida.

A base de biombos, los profesores habían creado pequeños nichos que servían de despachos o de áreas de descanso, separados tan solo por estrechos pasillos que recorrían el aula. En medio de todo el batiburrillo, Hase, el profesor de matemáticas, estaba sentado junto a una mesa plegable, confeccionando en un portátil detalladas listas con los resultados de las competiciones.

—Hola, señor Hase —saludó Lennart a su profe de mates—. ¿Sabe usted dónde pueden estar las listas de los ayudantes?

El señor Hase ni siquiera alzó la mirada. Como si mandara callar a una clase, se limitó a levantar el índice derecho y, sin apartar la vista de la pantalla, dijo:

—No lo sé.

Encogiéndose de hombros, Lennart se volvió hacia sus amigos. Michael comprendió. Hase no sabía nunca nada. Eso era conocido por todos. El señor Hase sabía muchas matemáticas y física, pero de todo lo que se saliera de ahí no tenía ni idea, por lo que a veces lo llamaban «el Ni Flores».

Michael, Lennart, Ilka, Linh y Yabali siguieron abriéndose paso a través del aula, pasando por numerosas oficinas improvisadas desde las que les llegaban retazos de conversaciones.

Una vez más, el profesor de gimnasia Thomas Wittler hizo honor a su apodo, la Comadreja. De repente asomó por uno de los despachos, correteó por los pasillos, desapareció unos segundos detrás de unos biombos, volvió a aparecer con un puñado de papeles y siguió trotando hacia uno de los huecos del fondo, junto al estrado.

—Hola, señor Comad... —Lennard se mordió la lengua; a punto estuvo de llamarle señor Comadreja, pero se corrigió de inmediato—: Señor Wittler, ¿sabe usted dónde están las listas de los ayudantes?

El señor Wittler se detuvo, se volvió hacia Lennart y le sonrió amablemente, al tiempo que movía el fajo de papeles como si fuera un abanico.

—Aquí están las listas de los ayudantes. ¿Por qué?

Lennart se quedó cortado. No sabía qué motivo alegar. Contarle sus sospechas habría sido demasiado largo.

Ilka acudió rápidamente en su ayuda.

—Tenemos que comprobar una cosa. Vamos a preparar la merienda y creo que falta algo.

El señor Wittler le dio las listas a Ilka.

—Pero necesito que me las devolváis enseguida —dijo, y se metió de nuevo en otro de los pequeños despachos.

Ilka se puso inmediatamente a mirar las listas. Pero es difícil encontrar algo cuando ni siquiera se sabe qué se busca. Fue deslizando lentamente el dedo índice por los nombres, mientras los demás miraban por encima del hombro de Ilka, aunque tampoco ellos sabían lo que buscaban.

—Necesitamos las otras listas —dijo Linh.

Ilka no entendió a cuáles se refería.

—Estas son las listas alfabéticas de todos los ayudantes. Necesitamos la lista de los horarios. Tenemos que saber a quién le tocaba el salto de longitud, a quién la carrera de los mil quinientos metros y a quién la natación.

Ilka comprendió. Estaba claro que Linh albergaba la esperanza de que en todas las competiciones en las que se habían producido actos de sabotaje apareciera el mismo nombre.

—Sería demasiado sencillo para ser verdad —dijo Ilka.

Y a Michael también le pareció demasiado simple la idea de Linh.

—El malhechor no suele ser tan tonto —afirmó sin la menor duda.

No obstante, Ilka hojeó las páginas hasta encontrar los horarios.

Linh miró su reloj.

—El salto de longitud fue a la una.

Ilka fue pasando las hojas hasta que encontró a los ayudantes que habían echado una mano en el salto de longitud. Susanne Kick aparecía registrada como jueza de campo. También había dos profesores de colegios invitados, que medían las longitudes, y dos alumnos que, después de cada salto, tenían que rastrillar la arena para que estuviera lisa. Todo parecía en orden. No había nada que llamara la atención.

Ilka siguió hojeando hasta llegar a la prueba de natación. También aquí estaban apuntados todos los ayudantes. Pero ninguno de los nombres coincidía con los del salto de longitud.

Entonces la propia Linh cogió las listas y miró la carrera de mil quinientos metros. También aquí los nombres eran distintos.

—Qué lástima —dijo Linh resignada, dejando caer las manos con las listas.

Así no llegaban a ninguna parte.

—Ya os lo decía yo —afirmó Michael—. Es una pérdida de tiempo.

En esto apareció de nuevo el señor Wittler.

—¿Y bien? —preguntó—. ¿Todo aclarado?

—Sí —masculló Linh.

Aún seguía cabizbaja cuando le fue a dar las listas al profesor. Y cuando el señor Wittler estaba a punto de cogerlas, a Linh le llamó la atención un pequeño detalle. Rápidamente las apartó y volvió a hojearlas. Le había chocado un pequeño signo que aparecía junto a un nombre. Un signo menos rodeado por un círculo.

—¿Qué significa esto? —preguntó.

El señor Wittler observó el signo.

—Ah, te refieres a esto —respondió—. Esto significa que el ayudante se dio de baja por enfermedad.

—Ajá —dijo Linh, mientras reflexionaba—. ¿Y quién lo ha sustituido?

El profesor miró otra vez la lista.

—Nadie —constató finalmente—. Si lo hubiera sustituido alguien, habrían tachado el nombre y habrían apuntado detrás al sustituto. Se ve que la señora Kick consideró que en este caso no hacía falta un sustituto.

Linh miró a sus amigos. Pero a ninguno se le hacía en absoluto raro lo que decía el señor Wittler. El profesor tampoco sabía dónde quería llegar Linh.

—¿Por qué lo preguntas? —añadió.

—Bah —dijo Linh, como quitando importancia al asunto—, cosas mías.

Sin embargo, en lugar de devolverle las listas, se fijó en el nombre del ayudante que se había dado de baja por enfermedad: Niklas Buntschuh. Rápidamente hojeó de nuevo las listas de nombres. También allí aparecía el signo de enfermedad. No obstante, este signo estaba tachado con un lápiz rojo.

—¿Y esto qué significa? —preguntó Linh.

El señor Wittler se encogió de hombros.

—Da la impresión de que el tal Niklas primero se dio de baja por enfermedad, pero al final sí apareció. Por lo menos, ha recogido su carné de ayudante.

—Pero en el salto de longitud sí faltó, ¿verdad? —insistió Linh.

—Niños, no lo sé. ¿Tan importante os parece si faltó alguien en el salto de longitud?

—No, no —negó Linh—. No importa. Muchas gracias.

El señor Wittler recuperó las listas.

—Tengo muchísimas cosas que hacer todavía —dijo, y salió corriendo como una comadreja.

—¿A qué venía todo eso? —preguntó Michael, cuando el señor Wittler ya no podía oírlo—. No entiendo nada.

—Déjame tu móvil —le pidió Linh—. ¡Deprisa!

Michael la miró extrañado; llevaba puesto el chándal de competición.

—No llevo el móvil conmigo. Lo tengo en la bolsa.

—¡Vaya! —se enfadó Linh—. Recordad este número: 125477.

—¿Es el número que has comprado de la lotería? —bromeó Lennart.

—No —le contestó Linh seria—. Pero quizá tenga el mismo valor. A ver... Repite el número.

—Eh... —dijo Lennart—. Quince... no... Doce... no. Espera.

—125477 —dijo Ilka de carrerilla—. ¿De qué es ese número?

—El número de teléfono de Niklas Buntschuh —le explicó Linh—. Deprisa. Necesito un teléfono antes de que se me olvide.

—125477 —repitió Ilka, dando un codazo a Yabali—. ¡Venga, dilo tú también!

—Doce... —empezó Yabali—. ¿Cómo sigue?

Linh fue corriendo donde estaban los enfermeros, que aún seguían descansando, y les pidió un móvil. Tuvo que emplear todos sus recursos de persuasión para que, por fin, el más joven de ellos sacara el suyo.

—¿Sabe alguien cuál es el prefijo de Frankfurt? —preguntó Linh.

Lennart suspiró.

—¿Para qué quieres eso?

—Niklas es de allí —le explicó Linh.

—069 —dijo Michael, sin dirigirse a nadie en concreto.

Lo sabía con certeza porque en Frankfurt era donde tenía sus oficinas la Juventud Deportista de Alemania. Y Michael había llamado allí más de una vez pidiendo permiso para que se celebrara el decatlón en las miniolimpiadas.

Linh marcó el número.

Bajo la mirada expectante de sus amigos, esperó un rato hasta que se puso alguien al teléfono. Linh saludó amablemente a su interlocutor, preguntó por Niklas, se quedó un rato escuchando y luego solo dijo:

—Ah, sí. Muchas gracias. No, no hace falta que le dé ningún recado. Adiós.

Devolvió el móvil y le dio también las gracias al enfermero.

—Era la madre de Niklas Buntschuh —les informó Linh—. Dice que su hijo está en la cama con paperas.

—¿Con paperas? —se le escapó a Michael, inflando los carrillos como si él también hubiera contraído de repente esa enfermedad.

—Sí —confirmó Linh—. Y ahora os pregunto: ¿cómo puede alguien que está en Frankfurt en la cama con paperas haber recogido aquí, en el colegio, su carné de ayudante?

# 8 ¿LOS CINCO CRACKS FUERA DE JUEGO?

La fiesta deportiva seguía tranquilamente su curso. En el abarrotado estadio reinaba un ambiente alegre y relajado, hacía un tiempo espléndido y aún faltaban las últimas competiciones de la jornada. Ahora le tocaba el turno al lanzamiento de jabalina. Los únicos que no podían disfrutar del buen ambiente del estadio eran Los Cinco Cracks. Cuanto más miraban a su alrededor y veían los resultados de las otras competiciones, más convencidos estaban de que los únicos saboteados eran ellos.

—No puedo evitar sentir que alguien la ha tomado con nosotros —dijo por fin Ilka, expresando lo que todos se temían.

—¿Quién puede tener algo contra nosotros? —se preguntó Yabali.

La respuesta la dieron Michael y Lennart al unísono:

—Los del Grünheim.

—Dicho con mayor exactitud: Tom y quizá unos cuantos cómplices más. Sabe que somos mejores y que si no recurre a métodos no permitidos, yo lo ganaría en el decatlón —añadió Michael.

Linh no estaba tan segura de que Michael tuviera razón:

—Lo que está claro es que se ha confirmado nuestra primera sospecha: el culpable ha conseguido un carné de ayudante haciéndose pasar por Niklas Buntschuh, que está de baja por enfermedad. Eso significa que tiene acceso a todas partes —explicó.

Sentada en la franja de césped que rodeaba el estadio, miraba a lo lejos como si allí arriba estuviera sentado el culpable en la tribuna, observándola y riéndose de ella. Y continuó:

—Por eso ha podido robar fácilmente el traje de baño de Ilka, manipular la tabla de batida, envenenar la bebida de Michael y echar polvos picapica en las zapatillas de Yabali.

—¿Por qué lo hará? ¡Está zumbado! —se enfadó Yabali, comiéndose el helado que se había comprado a la entrada del estadio.

—Buena pregunta —opinó Linh—. Aunque realmente la haya tomado solo con nosotros cinco, ¿por qué? ¿Le hemos hecho algo a alguien en el pasado? Quienquiera que sea el culpable, una cosa es segura: que no parará. Tenemos que ponerle freno antes de que pase algo realmente grave. En el salto de longitud alguien podría haberse lesionado.

—Pero si ya sabemos quién es. Lo único que tenemos que hacer es encontrar al ayudante que lleve el letrero de Niklas Buntschuh y acompañarlo a ver al director —añadió Ilka. Luego paseó la mirada por todo el estadio y pensó en la cantidad de ayudantes que habría en esa fiesta deportiva. Por lo que ella recordaba, había más de cien...

—No —añadió con un suspiro—. Son demasiados. No podemos comprobar la identidad de todos ellos.

Linh también veía que la cosa estaba difícil.

—Además, tampoco sabemos si llevará el letrero puesto. Si lleva mucho tiempo en las zonas acordonadas nadie le va a pedir a estas alturas el carné de ayudante. Más bien creo que se mueve por las áreas de seguridad sin llamar la atención de nadie y que estará preparando otro golpe.

—Entonces tenemos que decírselo al director —opinó Ilka.

Linh se mostró de acuerdo, aunque puso reparos:

—Aun así tenemos que encontrarlo. Hay que tenderle una trampa.

—¿Una trampa? ¿Qué clase de trampa? —preguntó Yabali.

Tampoco a Lennart se le ocurría cuál.

—El culpable puede actuar en cualquier momento. No tenemos ni idea de dónde ni cuándo aparecerá la próxima vez. ¿Cómo vamos a tenderle una trampa?

Pero si era cierto que el culpable la había tomado especialmente con ellos, las posibilidades de pillarlo aumentaban. Las competiciones más próximas eran el lanzamiento de peso de Michael, la semifinal de Ilka y, a la mañana siguiente, la carrera de Lennart y los combates de judo de Linh. En esos momentos tenía que estar celebrándose la competición del lanzamiento de jabalina de los atletas de decatlón, pero debido a un cambio de última hora, estaba teniendo lugar el lanzamiento de jabalina ordinario.

—Hartmut, el que pertenece al otro grupo de nuestra clase, tiene muchas posibilidades, puesto que los dos favoritos están enfermos —se le ocurrió de repente a Lennart.

—Tenemos que ofrecerle al culpable algo para que pique —siguió reflexionando Linh—. Algo a lo que no se pueda resistir. Entonces podríamos pillarlo con las manos en la masa.

—Qué buen plan —dijo Ilka—. La pregunta es: ¿qué clase de oferta podríamos hacerle?

—Ya pensaremos en eso mientras asistimos al lanzamiento de jabalina —insistió Lennart—. Realmente Hartmut tiene muchas posibilidades de ganar.

Después de los chascos que se habían llevado hasta entonces Los Cinco Cracks, una victoria de su colegio podría subirles la moral.

Los demás se mostraron de acuerdo. Rápidamente se dirigieron hacia el otro lado del estadio, donde fueron retenidos por un ayudante.

—Demasiado peligroso, niños. Va a empezar el lanzamiento de jabalina.

—¡Por eso estamos aquí! —le explicó Michael.

Pero el ayudante no se dejó convencer.

—También podéis verlo desde allí atrás.

Y señaló al sitio del que acababan de venir Los Cinco Cracks. Decididamente, quedaba muy lejos.

—¡Atención! —gritó Lennart.

Michael se agachó instantáneamente pensando que una jabalina iba a sesgarle las orejas. Pero Lennart solo quería decir que le tocaba lanzar a Hartmut.

—¡Serás tonto! —se quejó Michael—. ¡Vaya susto que me has dado!

Hartmut cogió carrerilla, lanzó la jabalina con todas sus fuerzas, pero luego, incomprensiblemente, se le escurrió de la mano. En lugar de volar alta y recta, la jabalina se ladeó y se salió de la zona marcada.

Un murmullo recorrió el estadio, mientras un juez de campo saltaba hacia un lado justo a tiempo de no ser alcanzado por la jabalina. A tan solo diez metros de donde había sido lanzada, pero muy cerca de los pies del juez de campo, esta se clavó en el césped del estadio.

Desconcertado, Hartmut se quedó en la línea de lanzamiento mirándose las manos. No podía creerse lo que le acababa de pasar.

—¡Jabón líquido! —afirmó Lennart, seguro de sí mismo—. ¡Igual que en el salto de longitud!

—Tonterías —le contradijo Michael—. Cómo se nota que nunca has lanzado una jabalina. Si la hubieran frotado con jabón líquido, Hartmut lo habría notado enseguida y ni siquiera la habría lanzado.

Lennart tuvo que reconocer que eso sonaba convincente.

—Pues algo ha tenido que pasar. Con toda seguridad. ¿Cómo va a haber apuntado deliberadamente hacia el juez de campo?

—No, eso seguro que no —dijo Michael, también convencido.

—¡Venga, vamos!

Michael y Lennart querían acercarse a Hartmut para ver lo que había pasado. Pero una vez más, se interpuso el ayudante en su camino.

—¡Fuera! ¡Marchaos! ¿No acabáis de ver lo peligroso que puede ser andar por aquí?

De mala gana, los chicos volvieron a su sitio.

—No hay derecho —se lamentó Michael—. Qué sensación de impotencia... Y mientras, el culpable planeando alegremente sus jugarretas.

—No vamos a permitir que nos hagan más trampas —dijo Ilka decidida—. Voy a informar al director. —Y salió corriendo.

—Yo voy contigo —se ofreció Yabali.

Linh, Michael y Lennart se quedaron pensando qué podrían hacer. Desde lejos observaron cómo el juez de campo se acercaba a Hartmut y le preguntaba qué había pasado. Hartmut se encogió de hombros. Luego se puso a explicar algo gesticulando mucho. Otros jueces de campo examinaron la jabalina que habían arrancado del suelo. Luego le hicieron al primero una seña y este empezó a recoger todas las jabalinas de los lanzadores. Mejor dicho, mandó que todos los lanzadores cogieran sus jabalinas y las dejaran en el césped, junto al círculo del lanzamiento.

—Van a hacer una inspección en toda regla —constató Lennart.

—Sí —añadió Michael—. Hoy ya no habrá más lanzamientos. Jo, se va a desbaratar todo el programa como esto siga así...

—¡El programa! ¡Exactamente! —exclamó Linh, y miró a Michael—. Dime cómo era la cosa. ¿No os tocaba a los atletas de decatlón lanzar ahora la jabalina?

Michael asintió.

—Sí, lo han cambiado. —De pronto, comprendió—. ¿Quieres decir que...?

Como es natural, no todos los alumnos tenían una jabalina propia, como los grandes profesionales; Hartmut utilizaba la misma jabalina que usaba Michael, la del colegio.

Linh asintió con la cabeza.

—El sabotaje no iba destinado a Hartmut, sino a ti. ¡Se han confundido!

—¡Madre mía! —gimió Michael.

—Alguien nos tiene enfilados a nosotros —dijo Linh.

—Pero ¿por qué? —se extrañó Lennart.

—No lo sé —admitió Linh—. ¿Y si alguien quiere vengarse?

—¿Vengarse? ¿De nosotros? Yo no he hecho nada a nadie. ¿Vosotros?

—No —afirmó Linh. No obstante, tenía la sensación de estar acercándose cada vez más a una solución—. ¿Habéis notado algo sospechoso? ¿Algún ayudante que se comporte de forma llamativa? —Paseó la mirada por el césped—. Estoy segura de que todavía se encuentra por aquí. En el estadio. En medio de todos nosotros. Y tal vez esté preparando el próximo sabotaje.

Michael y Lennart miraron también a su alrededor. A Michael de repente todos le parecían sospechosos; a Lennart, ninguno.

—No sé —se resignó Lennart—. ¿Cómo lo podríamos reconocer?

—No es ninguno de los profesores —aclaró Linh.

—¿Y por qué lo sabes?

—Porque se ha hecho pasar por Niklas Buntschuh, que es un chico de trece años. En consecuencia, el culpable debe de tener más o menos la misma edad.

—¿Cómo vamos a encontrarlo en un estadio con ocho mil espectadores, cien ayudantes repartidos por todo el estadio y otros tantos atletas? —se preguntó Lennart.

—Intuyendo con antelación lo próximo que puede querer hacer —opinó Linh—. Nuestra siguiente competición es el lanzamiento de peso de Michael, ¿no?

Michael asintió.

—Jo, ya no me atrevo —se lamentó—. A saber lo que le pasa a la bola que tengo que lanzar.

—¡Venga ya! —dijo Lennart, para quitarle importancia al asunto—. No creo que vaya a explotar.

—¡Qué chistoso! —se burló de él Michael—. No tiene la más mínima gracia.

Lennart hizo un gesto como pidiendo disculpas.

—Si no impugnamos nuestras pruebas, nunca averiguaremos quién es el saboteador —afirmó Linh.

—Pero yo no quiero ser el conejillo de Indias de ningún zumbado —refunfuñó Michael.

Lennart expresó en voz alta a su pensamiento sobre la afirmación de Linh: tenía algo de razón. Porque si era cierto que el autor de los atentados solo la había tomado con Los Cinco Cracks, entonces los actos de sabotaje terminarían enseguida, pues su única finalidad sería que los cinco renunciaran a sus competiciones.

—¿Estás loca o qué? —se enfadó Michael—. Yo quiero terminar el decatlón, pero de una manera razonable. ¡Sin sabotajes!

—Aunque para nuestras miniolimpiadas sería lo mejor —consideró Lennart, pese a que nada deseaba más que correr los cien metros al día siguiente.

—Sin nuestros resultados, nuestro colegio no tiene posibilidades de ganar a los del Grünheim —resumió Linh.

—O sea, que al final sí están involucrados los del Grünheim —insinuó Michael, que creía a Tom capaz de hacer cualquier cosa.

—No —le llevó la contraria Linh—. Si lo estuvieran, otros de nuestros atletas también hubiesen resultado afectados. El autor de los atentados quiere que perdamos nosotros y que les echemos la culpa a los del Grünheim. Y la verdad es que su plan ha estado a punto de salir bien. Ah, por cierto, los del Grünheim han encontrado las zapatillas por casualidad en un contenedor de basura, según ha averiguado la señora Kick. —Miró a Michael, que apartó rápidamente la vista, consciente de su error—. Si el director no hubiera zanjado nuestra pelea con los del Grünheim, o bien nos habrían expulsado a los cinco de las competiciones o bien se habría suspendido toda la fiesta deportiva. Y eso es precisamente lo que quiere el saboteador.

—Pues ya se puede dar prisa —opinó Lennart—, porque casi ha terminado la primera jornada.

Linh hizo un gesto de asentimiento.

—Eso mismo estará pensando él. Y por eso tenemos que ofrecerle algo para que pique... para que no tenga más remedio que picar.

—¿Y qué podría ser? —preguntó Lennart.

—Tu carrera de cien metros —propuso Linh—. La prueba reina del atletismo.

—¡Eh, un momento! —protestó Michael—. La prueba reina es el decatlón.

—¡Tonterías! —le contradijo Lennart—. En eso tiene toda la razón Linh.

—¡Qué va! —se defendió Michael, indignado.

Linh intentó calmar los ánimos:

—Los dos tenéis razón. El decatlón goza del mayor reconocimiento y la carrera despierta la mayor expectación.

Lennart y Michael guardaron silencio y se quedaron pensando en si estaban de acuerdo con lo que había dicho Linh.

Linh no esperó el resultado.

—Si adelantamos la carrera de velocidad a hoy, podemos estar seguros de que el saboteador atacará. Y lo más importante: lo pillará por sorpresa y andará mal de tiempo. Cometerá errores. Como el que acaba de cometer en el lanzamiento de jabalina.

Lennart soltó un silbido de admiración.

—¡Linh, podrías meterte a comisaria!

—En las artes marciales, la estrategia y la táctica son de una importancia decisiva —explicó Linh sin la menor efusividad.

No le gustaban los cumplidos. En su opinión, los cumplidos hacían que destacara demasiado el aspecto individual de la persona. Ahora lo importante era convencer al director para reorganizar las competiciones con el fin de tender una trampa al malhechor.

# 9 UN SEÑUELO

—¡No! ¡Imposible! ¡Ni hablar! ¿Qué os habéis creído?

La reacción del director no sorprendió a Michael, que acababa de entrar junto con Lennart en su despacho.

Yabali e Ilka le habían contado al director lo ocurrido en el lanzamiento de jabalina. Para entonces ya estaba listo el resultado del primer examen: no era la jabalina de Hartmut la que había sido manipulada, sino la tiza con la que se frotaban antes las manos los lanzadores para que no les resbalara la jabalina al lanzarla. Alguien había mezclado con el polvo de tiza una bolsa de engrudo para pegar papel pintado. Hartmut se había frotado con eso sus manos sudorosas. El engrudo entró en composición con el sudor y comenzó a pegarse. Solo un poco, sin que apenas se notara, pero lo suficiente para echar a perder un lanzamiento.

Cuando se enteró, el director se quedó estupefacto y, en un primer momento, pensó en anular la competición. A diferencia de Linh, él no creía que fuera cosa de un solo chico, sino de unos cuantos jóvenes, o incluso de varios granujas curtidos. Además, estaba seguro de que los actos de sabotaje no iban solo dirigidos a Los Cinco Cracks. Consideró que las miniolimpiadas corrían peligro.

Linh le contestó algo.

Michael tenía la oreja pegada a la puerta del despacho del director, pero por desgracia no entendía ni una palabra. Linh hablaba demasiado bajito, mientras que Yabali e Ilka, que también estaban con Linh en la oficina del director, apenas participaban en la conversación.

Lennart se paseaba arriba y abajo, fuera del despacho. Estaba deseando saber qué decidía el director. Porque si el profesor Stölzer aceptaba la propuesta de Linh, le tocaría correr dentro de una hora más o menos. Y no se sentía preparado. Por suerte tenía ya el atuendo deportivo en el colegio, porque había entrado corriendo con él en el estadio durante la inauguración. Seguramente a sus contrincantes también les pillara por sorpresa el adelanto de la carrera. De todas maneras, Lennart no se sentía a gusto.

Por fin se abrió la puerta del despacho del director. Yabali, Ilka y Linh salieron, seguidos de la señora Kick.

—¿Y bien? —preguntaron nerviosos Michael y Lennart.

—Todo aclarado —dijo Ilka.

Sin embargo, el asunto no parecía estar tan claro.

—Un momento —lo corrigió la señora Kick—. A ver si nos ponemos de acuerdo: nada de jugar a detectives.

—¿Qué otra cosa se puede hacer? —inquirió Lennart.

—El profesor Stölzer me ha transferido plena responsabilidad sobre la situación —proclamó la señora Kick—. Vamos a adelantar la carrera de cien metros, y los del servicio de seguridad estarán muy atentos a los ayudantes que preparan la pista y los materiales.

—¿Y qué más? —preguntó Michael, pensando que no podía acabar ahí.

—Nada más —le comunicó la profesora—. Eso es todo.

—¿Y qué pasa con nosotros? —dijo Michael, extrañado ante la respuesta de la señora Kick.

La señora Kick levantó el dedo hacia él en un gesto amonestador.

—Lennart correrá, como los demás, su carrera de cien metros. Y nosotros procuraremos que todo transcurra sin contratiempos. Se acabó. Fin de la historia.

—Pero nosotros... —quiso objetar Lennart.

—No hay ningún pero que valga —dejó claro la señora Kick—. Los demás os quedaréis quietecitos animando a Lennart. Nada más. ¿Nos hemos entendido?

Los niños pusieron cara de abatidos. Les colgaban las comisuras de los labios de pura decepción. ¿Acaso no habían sido ellos los que habían descubierto las intenciones del malhechor? Sin ellos, probablemente los actos de sabotaje habrían continuado; podrían haber ido a peor y, finalmente, podría haber ocurrido algo serio de verdad. Y todo para que al final no les dejaran intervenir.

Susanne Kick se despidió porque había mucho que hacer para preparar una competición tan importante como la carrera de los cien metros.

Los niños se quedaron plantados viendo cómo se alejaba la señora Kick. Michael esperó a estar fuera de su alcance. Entonces, furioso, dio una patada a la pared.

—¿Qué se habrán creído esos? —protestó.

—Lo van a echar todo a perder —añadió Lennart—. Los de seguridad ni siquiera se han dado cuenta de que se ha colado alguien con un nombre falso. ¿Y ahora lo van a atrapar?

—Pues a mí me parece estupendo que podamos volver a concentrarnos en el deporte —opinó Yabali.

Pero solo provocó un alud de protestas de los demás.

—¿Concentrarnos en el deporte? ¿Es que no te basta con haberte clavado una chincheta en el pie? —le increpó Michael, furioso—. A mí me hubiese gustado concentrarme en mi deporte y no haber tenido que ir al baño cada cinco minutos porque alguien me había echado veneno en la bebida.

—Vale, tío —dijo Yabali, intentando apaciguarlo.

—Deberíamos pensar en qué estará planeando el culpable para sabotear la carrera de velocidad —propuso Linh—. Lennart, ¿qué es lo peor que te puede pasar en esa carrera?

Lennart no tuvo que pensárselo mucho. Naturalmente, lo peor sería caerse o incluso dar un solo tropezón. Pero como eso no pasaba nunca, respondió:

—Hacer una segunda salida en falso. Porque a la segunda te descalifican. Independientemente de quien haya provocado la primera.

«Una manera sencilla de echar a Lennart de la competición», dedujo Ilka.

—¿Y cómo se puede hacer eso? —preguntó Michael—. ¡Habría que sobornar al juez de salida!

Lennart tampoco tenía ni idea. Aunque alguien disparara a la vez que el juez de salida con una pistola detonadora, todos los corredores oirían el disparo falso, no solo Lennart. Además...

—¡Eh, chicos! ¡Ya lo tengo! —exclamó de repente—. ¡Ya sé cómo me quiere engañar!

Lennart no les dijo de qué se trataba. Prefería mostrárselo a los demás *in situ*.

Fueron hacia el estadio, donde Lennart tenía que presentarse de todas maneras. A pesar del cambio en los horarios, la salida no podría retrasarse mucho.

Nada más llegar, oyeron por los altavoces que la carrera de cien metros se había adelantado. Un murmullo recorrió el estadio. Los presentes, como es natural, se alegraron. La cuestión era qué dirían al respecto los espectadores que fueran al día siguiente para ver la carrera de velocidad. Pero por el momento, eso no les preocupaba demasiado ni a Lennart ni a los demás.

—A lo mejor hasta hemos llegado tarde —temió Lennart, cuando entraban en la pista de los velocistas.

Luego señaló a los ayudantes, algunos de los cuales llevaban una cajita debajo del brazo.

Michael ya sabía lo que eran:

—Los altavoces de la salida.

Lennart asintió con la cabeza.

Las miniolimpiadas eran siempre para el colegio un acontecimiento muy especial. En consecuencia, no solo se procuraba que todo saliera a la perfección, sino también que la fiesta deportiva estuviera bien equipada. Había un cronómetro electrónico con su correspondiente marcador. Asimismo se medían electrónicamente las distancias en el salto de longitud y en las pruebas de lanzamiento. El colegio se sentía orgulloso de ese equipamiento, si bien lamentaba que hubiera que devolverlo todo después de las miniolimpiadas.

Parte de ese equipamiento especial era también el dispositivo electrónico para dar la salida. El juez no daba una señal a los corredores, como en las clases diarias, con una pistola detonadora, sino con una pistola electrónica que transfería el pistoletazo de salida no solo a los altavoces del estadio, sino también a ocho pequeños altavoces, situados tras los tacos de salida de cada corredor.

Michael no sabía qué tenían que ver esos altavoces con el saboteador. Él también había salido en su carrera con este sistema y no había tenido ningún problema.

—El corredor sale disparado cuando oye el pistoletazo de salida en su altavoz —le explicó Lennart.

Eso también lo sabía Michael, claro está. Para eso estaban pensados los altavoces.

—De modo que el saboteador solo tiene que asegurarse de que el pistoletazo de salida se oiga en mi altavoz una milésima de segundo antes que en el de los otros, para que yo haga una salida en falso. Muy sencillo.

—¿Muy sencillo? —preguntó Ilka—. ¿Qué tiene eso de sencillo? ¿Cómo va a conseguir el saboteador que el disparo salga de tu altavoz antes que de los otros?

Lennart se encogió de hombros.

—Eso tampoco lo sé yo.

Los demás lanzaron un suspiro.

—¡Pues vaya una idea más genial! —refunfuñó Yabali—. ¿Para eso tanto misterio?

Lennart se sintió decepcionado por la reacción de sus amigos. A él le parecía una idea estupenda y, en realidad, todavía estaba convencido de que el culpable lo haría exactamente así. Y eso que realmente no se le ocurría en absoluto cómo podría lograrse. Pero quizá el saboteador fuera una especie de genio para la técnica. Así lo dijo a sus amigos.

—Los actos que ha cometido hasta ahora no han sido precisamente geniales —observó Linh—. Ha robado un traje de baño, ha echado engrudo en la tiza, ha esparcido chinchetas y ha untado jabón líquido en la tabla de batida. No son más que jugarretas de niño pequeño. Aunque muy peligrosas, eso sí. Pero desde luego no nos enfrentamos a un genio.

Yabali le dio la razón; sin embargo, mantenía ciertas reservas.

—Pero seguimos sin descubrirlo. No será tan torpe —intervino Ilka.

—No puede manipular el dispositivo automático para dar la salida y además los controles de la salida en falso —dijo Michael con total seguridad—. Seguro que tiene otro plan distinto.

Los ayudantes montaron los altavoces y, a continuación, los cinco pudieron ver incluso cómo se controlaba el dispositivo automático de la salida. El juez de competición disparaba a la línea de meta con el revólver de salida. La cámara de la meta registraba el humo de la pólvora. Y luego los directores de las competiciones comprobaban en la grabación si la salida marcada por el cronómetro y el humo estaban sincronizados.

Mientras Lennart lo observaba, no se le ocurría cómo se podría manipular la salida. Y menos después de que la carrera hubiese sido repentinamente adelantada. Al saboteador no podía darle tiempo a alterar nada, al menos nada relacionado con el equipamiento.

Por lo demás, no notaron nada sospechoso.

—No nos queda más remedio —les propuso Linh— que hacer lo que nos ha dicho la señora Kick.

—¿Mantenernos aparte? —preguntó Michael indignado.

Linh negó con la cabeza.

—No, que Lennart realice su salida y, mientras, nosotros mantendremos los ojos bien abiertos.

A ninguno le pareció una propuesta especialmente sugestiva, pero tampoco se les ocurría nada mejor.

—Sobre todo, tenemos que largarnos de aquí cuanto antes; de lo contrario, el autor de los hechos se dará cuenta —dijo Linh.

—Vale —contestó Lennart.

Y se quitó el chándal para empezar con los ejercicios de calentamiento.

Los otros se dirigieron hacia la tribuna; desde allí, con disimulo, se repartirían por los alrededores de la pista. Cada uno llevaba su móvil listo y a mano. El que viera algo sospechoso, tenía que informar instantáneamente a los demás.

Lennart corría de arriba abajo por el borde de la pista de tartán. Estaba nervioso. No le gustaba presentarse a la competición tan poco preparado. Intentaba concentrarse mientras hacía ejercicios de calentamiento y de estiramiento. Pero no funcionaba. Todo el rato tenía la impresión de que alguien lo observaba. Poniéndose de puntillas, miró al otro lado de la barandilla del estadio. Todos los ayudantes parecían ocupados, los atletas se hallaban concentrados en su preparación y los espectadores seguían las competiciones. Nadie parecía fijarse en él. Y, sin embargo, Lennart sabía que uno de ellos, desde alguna parte, lo tenía fichado y estaba preparando un acto de sabotaje contra él.

Lennart paseó la mirada por todo el estadio, en busca de sus amigos. Linh estaba en cuclillas no lejos de los tacos de salida, en la franja lateral, sin quitarle ojo al juez de salida. Ilka se había sentado en el círculo del lanzamiento, en el que en realidad les habría tocado ahora lanzar peso a los atletas de decatlón si no se hubiera cambiado la programación. Y Yabali... ¿Dónde estaba Yabali?

Lennart recorrió con la mirada las gradas de los espectadores y allí lo encontró. Meneó la cabeza, como dándolo por imposible. Yabali había echado a correr detrás de un vendedor ambulante y se estaba comprando un helado.

Michael se mantenía cerca de los tacos de salida del alumno del Grünheim, sin apartar la vista de Tom. Aún no descartaba la posibilidad de que efectivamente fueran ellos los que habían montado todo aquello.

Con las piernas estiradas, Lennart volvió a inclinarse hacia abajo y tocó el suelo con las palmas de las manos para estirar los tendones.

Y de repente... Lennart se quedó en esa postura. Un momento... vamos a ver... Rápidamente se incorporó como un resorte. Su mirada se dirigió de nuevo a Yabali, que estaba desenvolviendo su helado.

El vendedor de helados seguía subiendo por las gradas de la tribuna. Todo el mundo le hacía señas para que se acercara. También querían comprar un helado, pero el heladero no reaccionaba.

Lennart se acordó de una de las últimas asambleas plenarias previas a las miniolimpiadas, en la que se trataba de ultimar los detalles de los preparativos. Entre otras cosas, se presentó el aprovisionamiento completo de la fiesta deportiva y se distribuyó a los ayudantes.

¡Pero no había ningún vendedor de helados ambulante! Lennart se acordaba a la perfección. Recordaba que Yabali se había enfadado y que incluso quería presentar una queja al respecto. Linh lo había retenido diciéndole que quedaban cosas más importantes que hacer. Y aparte de eso, fuera del estadio tenían un gran puesto en el que se vendían bolas de helados italianos mucho más ricos.

Sin embargo, un heladero ambulante iba recorriendo las gradas. Bueno, a decir verdad, ese vendedor no recorría las gradas, sino que ignoraba a los clientes, que se desgañitaban llamándolo a gritos y gesticulando como locos. ¿Qué clase de vendedor era ese? Solo le había vendido un helado a Yabali.

Lennart lo fue comprendiendo poco a poco: ¡No era ningún vendedor de helados! ¡Tenía que ser el saboteador! Pero ¿por qué iría disfrazado de heladero? ¿Y qué hacía Yabali? ¿Por qué no estaba en la salida de la carrera de velocidad?

«Da igual —decidió Lennart—. ¡Maldita sea, si ese es el malhechor, Yabali corre peligro!». Sin darse cuenta, Lennart se llevó la mano al bolsillo de atrás para sacar el móvil y avisar a Yabali. Pero lo encontró vacío. Como iba vestido con los pantalones de correr, naturalmente no llevaba el móvil.

—¡Maldita sea! —despotricó.

Hizo un embudo con las manos alrededor de la boca y llamó a Yabali con toda la potencia del mundo. Pero su voz no tenía ninguna posibilidad de llegar hasta allí en medio de un ruido de ocho mil personas congregadas.

Yabali sostenía en una mano el helado y en la otra el envoltorio. Buscaba un cubo de basura.

Todavía se veía al heladero. Pero ¿hasta cuándo lo seguiría viendo? Tarde o temprano se esfumaría. ¡Qué contrariedad!

Lennart lanzó una rápida mirada hacia Michael. Tampoco podría oírle si lo llamaba. Los del Grünheim hacían muchísimo ruido con los feroces gritos de guerra con los que animaban a su velocista. Ilka estaba demasiado lejos. Solo quedaba Linh.

Lennart echó una carrera hacia ella y le contó, nervioso, todo lo que había observado.

Inmediatamente, Linh miró hacia la tribuna, pero el heladero había desaparecido.

Lennart soltó un taco. ¡Lo sabía!

Linh llamó a Yabali por el móvil, pero vio que no reaccionaba.

—¿Qué hace? —dijo Lennart, recolocándose desesperadamente el pelo.

—Tiene el móvil en el bolsillo de la culera del pantalón y no lo oye —indicó Linh.

—¡Pero si tenía que llevarlo en la mano! —gruñó Lennart, fuera de sí.

Pero Yabali tenía las dos manos ocupadas con el helado y el papel.

—¡Mierda! —se enfadó Lennart—. ¡Yabali y sus dichosos helados!

—Sin su pasión por los helados no habrías descubierto al saboteador —le corrigió Linh.

Pero eso ahora no le interesaba a Lennart.

Linh mandó un mensaje a los demás.

—Tú prepárate para tu carrera —le dijo a Lennart—. Yo iré a hablar con Yabali.

Lennart la vio alejarse. Luego observó cómo Michael e Ilka recibían sus mensajes, los leían, alzaban la vista hacia la tribuna y echaban a correr. Si tenían suerte y actuaban con rapidez, a lo mejor les daba tiempo de atrapar al vendedor de helados.

# 10 EL CULPABLE SE DESTAPA

Lennart se colocó en la salida. Cerró los ojos e intentó concentrarse. No se podía quitar de la cabeza al desconocido saboteador; ahora Lennart era la víctima. Los demás corredores no sospechaban nada. Se habían molestado un poco por el cambio de horarios de la carrera, pero lo habían acabado aceptando. Ahora podían concentrarse plenamente en su carrera. Lennart sabía que el saboteador le había preparado alguna artimaña. Pero no sabía cuándo ni cómo. ¿Cómo iba a correr tranquilo y a pleno rendimiento?

Lennart abrió los ojos y miró otra vez a su alrededor. ¿Qué podía haber planeado el saboteador? No se le ocurría nada. No veía nada sospechoso. Pero algún plan habría urdido. Tanto él como sus amigos estaban completamente seguros. Lennart no sabía cómo iba a correr en esas condiciones. Volvió a cerrar los ojos. «Tengo que borrarlo todo de mi mente —reflexionó—. Lo importante es la carrera, solo mi carrera». Pero no lo consiguió. Al abrir los ojos vio cómo los otros corredores se preparaban en sus tacos de salida.

Lennart se colocó delante de los suyos, sacudió las piernas, colocó el pie izquierdo en el estribo de atrás, se agachó, puso las manos tras la línea de salida y colocó el pie derecho en el estribo de delante, desde el que debía darse impulso.

—¡A vuestros puestos! —sonó.

Su altavoz funcionaba. ¿Y el pistoletazo de salida? ¿Podría confiar en él? Quizá fuera al revés: que no hiciera una salida en falso, sino que oyera demasiado tarde el pistoletazo de salida y llegara el último. Igual que Ilka, Michael y Yabali, que si no habían hecho el más absoluto ridículo fue gracias a su tremendo esfuerzo de voluntad.

Los corredores adoptaron la posición de salida.

En el estadio se hizo el silencio.

—¡Listos!

Los corredores se pusieron en posición.

Ahora Lennart sí consiguió concentrarse del todo. No quería perderse el pistoletazo de salida ni hacer una salida en falso. Lennart aguzó los oídos. De pura tensión, la pierna izquierda dio un breve respingo y se encajó en el taco de salida. Estaba preparado. Pero en ese mismo momento, el estribo del taco de salida resbaló hacia atrás y, con él, la pierna izquierda de Lennart, de tal manera que este perdió el equilibrio. Cayó hacia adelante y se apoyó con las manos, pero delante de la línea de salida. En ese preciso momento sonó el pistoletazo.

Los corredores salieron disparados de sus tacos. Inmediatamente, sonaron otros dos disparos.

¡Salida en falso provocada por Lennart!

—¡Mierda! —despotricó.

Se levantó y miró su taco de salida. No había duda: su taco había sido manipulado. El saboteador había aflojado los tornillos, de modo que el estribo había aguantado la ligera presión del pie, pero no la presión más fuerte que ejercía justo antes de la arrancada.

Desde la tribuna se oyeron algunas carcajadas provocadas por la caída de bruces de Lennart, un tanto cómica. Los que más reían, por supuesto, eran los del Grünheim.

Ilka se abrió paso entre los espectadores hasta llegar donde Linh. Michael también se unió.

—¡Jo! —se quejó—. ¡Se nos ha escapado!

—El vendedor de helados solo estaba ahí para distraernos —conjeturó Linh.

Abrió la nevera portátil que había encontrado Michael en las escaleras de la salida de urgencia que daban a la tribuna. En la nevera solo quedaban dos helados... y la chaqueta del vendedor.

—Mientras perseguíamos al heladero, el saboteador ha conseguido acercarse a los tacos de salida de Lennart. Ninguno de nosotros ha seguido fijándose en la salida. El supuesto vendedor de helados será un cómplice.

—Pero los otros corredores han tenido que verlo —objetó Ilka.

Linh se encogió de hombros.

—Lo habrán tomado por un ayudante más. Además, ya no se lo podemos preguntar. ¡Mira!

Lennart le había enseñado a uno de los árbitros lo que pasaba. Pero este no pudo aceptarlo como disculpa. Cada deportista tenía que responsabilizarse del ajuste de sus tacos de salida. Lennart había provocado la salida en falso. Estaba amonestado. A la siguiente falta sería expulsado de la competición.

Los corredores se prepararon para la nueva salida. Ya nadie podía preguntarles qué aspecto tenía el saboteador.

—Pero por lo menos yo he visto al cómplice —dijo Yabali—. ¡Le he comprado un helado!

—¡Pues, hala, ya lo puedes ir buscando! —observó Ilka.

Y le enseñó todas las gradas del estadio abarrotado. Yabali siguió el movimiento de su brazo con una mirada de desesperación. Tampoco él sabía cómo encontrar al heladero, al que solo había visto un momento, ni cómo iba a reconocerlo.

—Como no se nos ocurra algo enseguida será demasiado tarde —se lamentó Michael.

Los corredores se dirigieron a sus puestos.

—El saboteador se habrá encargado de que Lennart caiga dos veces en la trampa. Y entonces será expulsado.

En eso mismo estaba pensando Lennart.

«Voy a perder», se dijo. Aunque el malhechor no hubiera preparado nada para la segunda salida, Lennart no tenía ninguna posibilidad. Por el mero hecho de creer que podía pasar algo, ya estaba en desventaja. En una carrera de velocidad contaba cada centésima de segundo. Cualquier vacilación, cualquier pequeña inseguridad, o salir de los tacos un instante después, lo que se tarda en pestañear, bastaba para quedar rezagado de los demás competidores.

Solo la convicción de perder hacía imposible una victoria.

Quizá fuera eso lo que quería el saboteador, pensó Lennart. Entonces la derrota sería perfecta porque Lennart ya no tendría ninguna disculpa por haber perdido. A nadie le interesaría la tensión psíquica que Lennart había tenido que soportar justo antes de la salida, ni su miedo a que el malhechor atacara de nuevo. Todos dirían sencillamente que había corrido mal. Lennart se dio cuenta de que esa era exactamente la trampa. Solo tenía que sacudirse el miedo al saboteador y concentrarse en sus propias fuerzas. ¿Solo? ¡Qué fácil era decirlo!, pero del dicho al hecho... Lennart se levantó y distendió las piernas.

De nuevo se produjo un murmullo entre el público.

Los otros corredores también se levantaron. Estaban indignados con Lennart. Pero el juez todavía no había dado la orden de salida, de manera que Lennart pudo demorarse un poco en la preparación para no recibir una segunda amonestación y ser expulsado de la competición.

Los otros corredores daban saltitos nerviosos. Que un corredor se tomara su tiempo para concentrarse después de una salida en falso no escapaba de lo habitual. Era una pura guerra de nervios. Los corredores aprovechaban esta posibilidad como un mero recurso psicológico frente a sus rivales. Ganaba quien tuviera los nervios de acero.

Michael, Linh, Ilka y Yabali, que se habían vuelto a congregar al borde de la pista, lo sabían y, por lo tanto, reconocieron de inmediato la estrategia de Lennart.

—Va a presentar batalla —susurró Yabali, queriendo decir que Lennart se encontraba a la altura de la competición.

Michael cerró el puño.

—¡Eso es, Lennart! —lo animó.

—Silencio, por favor —se oyó enseguida por el altavoz.

—¡A vuestros puestos! —oyeron de nuevo, y ahora ya no había vuelta atrás.

Con ojos de águila, Linh y los demás inspeccionaron desde su posición cada centímetro de la pista. ¿Había algo sospechoso? ¿Tendría pensado el saboteador alguna jugarreta también para la segunda salida? No vieron nada raro.

—¡Listos!

Los corredores se incorporaron, dispuestos a salir zumbando. Solo faltaban unos segundos.

En el estadio reinaba un silencio sepulcral. Sopló una leve ráfaga de viento. Un trocito plateado de papel de chicle atravesó la pista hasta que quedó prendido del tallo de una hierba.

¡Y de repente Yabali descubrió algo! Justo debajo de Lennart. ¿No había allí algo?

Cuando Lennart agachó la cabeza para concentrarse en el pistoletazo, también lo vio. ¡A sus pies había un trozo de cordón de una zapatilla!

De repente, el pistoletazo de salida rompió el silencio del estadio.

Los corredores salieron disparados de sus tacos.

Los espectadores lanzaban gritos de júbilo, vociferaban y animaban a los corredores.

Lennart iba en segunda posición.

—¡Ha hecho una salida estupenda! —se alegró Linh.

—¡Se le ha roto el cordón de una zapatilla! —gritó Yabali—. ¡Mirad!

Y señaló un cordoncito hecho jirones que estaba junto a la posición de salida de Lennart.

Lennart corría a pleno rendimiento. Vio que el rival del Grünheim le sacaba poquísima ventaja.

«Lo voy a alcanzar —retumbaba en su cabeza una y otra vez—. ¡Lo voy a alcanzar! —No faltaba nada para la línea de meta—. ¡Lo voy a alcanzar!».

—¡Creo que ha ganado! —gritó Michael.

—¡Lo ha conseguido! —dijo Ilka, igualmente segura.

—No sé yo... —dudó Yabali.

La pugna final, como era previsible, había estado muy igualada. Como los cuatro se hallaban junto a la salida, les resultaba imposible reconocer quién había sido el primero en cruzar la meta.

Pero el marcador los sacó enseguida de dudas.

Linh estalló de júbilo:

—¡Ha ganado Lennart!

El propio Lennart salió disparado como un cohete por toda la pista hacia sus amigos.

Linh salió a su encuentro, y lo abrazó efusivamente. Se pusieron a bailar por la pista.

—¡Lo has conseguido! —gritaba Linh—. ¡Lo has conseguido!

—Sí —dijo también Michael, aunque su alegría sonaba un tanto más apagada—. Pero todavía no tenemos al saboteador.

En esto gritó Yabali:

—¡Ahí está!

—¿Qué? ¿Quién? —preguntó Ilka extrañada.

Lennart y Linh también miraron a Yabali, que les hacía señas indicando el otro lado del césped.

—¡Ahí! ¡Ahí está!

Michael vio cómo un chico que llevaba una sudadera con capucha le daba algo a otro.

Yabali gritó:

—¡El de la derecha es el vendedor de helados!

Con eso, quedaba claro que el de la izquierda era presumiblemente el saboteador.

Los cinco echaron a correr a tal velocidad que parecía una repetición de la carrera. Incluso Lennart, que acababa de darse una buena paliza en la competición, los acompañó a toda prisa, provocando una gran extrañeza entre los espectadores, que nunca habían visto a un ganador que se marchara corriendo tras la consecución de su éxito.

Michael hizo un *sprint* como nunca se había visto en una carrera de velocidad. Esta vez no quería que se le escapara el malhechor; esta vez no.

Al saboteador no le dio tiempo a verlos. Antes de darse cuenta, Yabali y Lennart ya lo tenían agarrado y ya le habían quitado la capucha.

Cuando llegaron Lennart y las chicas, fue Lennart el primero que reconoció al saboteador:

—¡Uwe!

Tanto Michael como los demás tardaron un rato en caer en la cuenta de quién era, porque no lo conocían tan bien como Lennart.

—¡Uwe Öhlmann! —exclamó Lennart, que todavía no se lo podía creer.

Inmediatamente, le vino a la memoria una vieja historia.

Unos meses atrás, Uwe todavía iba al colegio de Los Cinco Cracks. Era un magnífico velocista, mejor aún que Lennart. Los profesores describían a Uwe como uno de los mayores talentos deportivos que habían visto en mucho tiempo. Y eso mismo pensaba Uwe de sí mismo. No albergaba ninguna duda de que algún día iría a Estados Unidos y se convertiría en una gran estrella del atletismo. Hasta que un buen día Lennart descubrió a qué se debían los excelentes resultados que obtenía Uwe. Ya desde pequeño no le importaba meterse en el cuerpo todas las pastillas imaginables con tal de aumentar su potencia y su rendimiento. Al fin y al cabo, en las competiciones juveniles e infantiles no había controles de dopaje ni tampoco leyes que lo regularan. Así se defendió entonces Uwe cuando Lennart le habló del asunto.

Pero Lennart no se lo pensó dos veces y fue a contárselo al director. A Uwe lo echaron del colegio y, lo que aún era peor para Uwe: sus padres, temiendo por su salud, le prohibieron que siguiera practicando cualquier actividad deportiva.

Esa era la razón por la que Uwe había vuelto a su antiguo colegio. Quería vengarse de Lennart y de sus amigos, quería aguarles el éxito tal y como Lennart le había arruinado a él su futuro.

—Me lo quitaste todo, rata miserable —lo insultó Uwe.

—Tú mismo te lo quitaste todo con tus trampas —respondió Lennart.

Junto con los otros cuatro, Lennart lo llevó ante los miembros del comité organizador.

Al vendedor de helados lo dejaron ir, pues pronto averiguaron que en realidad había recorrido las escaleras con la nevera portátil una sola vez para ganar diez euros.

Ilka y Linh pusieron al corriente a Susanne Kick, y esta se encargó de informar al director.

Al poco rato, los cinco se sentaron con Tom y algunos otros alumnos del Grünheim en el aula magna.

A ninguno de ellos le había resultado fácil, y menos a Michael, sentarse con los del Grünheim. Pero Linh había insistido en que tenían que hacerlo.

—Les hemos echado la culpa, así que tenemos que pedirles perdón —había dicho.

De una manera mucho más deportiva de lo que imaginaba y temía Michael, Tom y sus compañeros del colegio aceptaron las disculpas.

—Uwe tenía previsto convertirnos en sospechosos. Yo me habría enfadado con vosotros igual que vosotros os habéis enojado con nosotros —explicó Tom, que tras una breve pausa añadió—: De todos modos, reconozco que no nos hemos portado muy bien al reírnos de vuestros fallos.

Michael asintió al oír esto.

—En cualquier caso, ahora vais a la cabeza porque nosotros hemos sido saboteados —dijo, sin poderse aguantar.

—De todas maneras habríamos ganado – le contestó Tom.

Inmediatamente intervino Linh:

—No empecéis otra vez, ¿vale?

Michael y Tom guardaron silencio.

Para distraerlos y evitar que la discusión fuera a más, Yabali le preguntó a Lennart:

—Ahora me tienes que explicar cómo has llegado el primero teniendo rotos los cordones de las zapatillas.

Lennart sacó sus zapatillas de la mochila, abrió la cremallera que cubría los cordones y se los enseñó a Yabali:

—¿Ves algún cordón roto?

—¡Eh! —dijo Yabali—. ¡Que yo he visto un cordón roto junto a tus tacos de salida!

—Lo ha colocado allí Uwe —dijo Lennart—. Como no tenía acceso a mis zapatillas, ha dejado allí un cordón para ponerme nervioso. Eso habría bastado para echar a perder la salida, de no ser porque... casualmente llevaba unas zapatillas nuevas. ¡Con cordones azules! No blancos, como el que había usado Uwe. Enseguida supe que no tenía por qué preocuparme.

—¡Viva el color de moda! —se rio Yabali.

—Siempre y cuando no corras descalzo y se te queden los pies negros —bromeó Lennnart.

Todos se echaron a reír alegremente, incluidos los del Grünheim, hasta que Ilka recuperó un poco la seriedad:

—Mañana seguiremos con las pruebas.

Linh asintió y dijo mirando a Tom:

—Y todavía podemos alcanzaros...

—¡Eso jamás! —lo contradijo Tom.

—¿Qué te apuestas? —propuso Michael.

—¡Lo que quieras! —contestó Tom.

# ÍNDICE